世界少年经典文学丛书

美丽的海伦娜

[德]狄 尔 著

姜春香 编译

中国出版集团 现代出版社

图书在版编目（CIP）数据

美丽的海伦娜／（德）狄尔著；姜春香编译. —北京：现代出版社，2013.2

ISBN 978 – 7 – 5143 – 1282 – 9

Ⅰ．①美… Ⅱ．①狄… ②姜… Ⅲ．①童话 – 作品集 – 德国 – 近代 Ⅳ．①I516.88

中国版本图书馆 CIP 数据核字（2013）第 021829 号

作　　者	狄　尔
责任编辑	李　鹏
出版发行	现代出版社
通讯地址	北京市安定门外安华里 504 号
邮政编码	100011
电　　话	010 – 64267325　64245264（传真）
网　　址	www. xdcbs. com
电子邮箱	xiandai@ cnpitc. com. cn
印　　刷	三河市嵩川印刷有限公司
开　　本	700mm × 1000mm　1/16
印　　张	9
版　　次	2013 年 2 月第 1 版　2021 年 8 月第 3 次印刷
书　　号	ISBN 978 – 7 – 5143 – 1282 – 9
定　　价	29.80 元

序　言

　　孩子是未来的希望，是父母心中的天使，是充满快乐的精灵。小学阶段更是孩子最快乐的时光，是孩子成长发育的黄金阶段。为了让孩子学习更多的课外知识，享受更加丰富的学习乐趣，我们策划了本丛书！

　　从小让孩子多读课外书，对培养孩子健康的心态和正确的人生观无疑将起着非常重要的作用。自《语文课程标准》公布以来，不少富有敬业精神、有才干的教师，在他们的教学中，担当起阅读教育的重担。他们在严谨的选材中，利用丰富的文学资源，向学生推荐了大量优秀的课外读物，实施了以"练成阅读和作文的熟练技能"为重要内容的阅读教育。大千世界充满了丰富的知识。阅读能丰富小学生的语文知识，增强阅读能力，提高写作水平，开阔视野，增长智慧。阅读本丛书，能够使孩子享受到阅读的快乐，激发起更浓厚的阅读兴趣，孩子的生活将充满新的活力与幸福！本丛书精选了世界名著和中国经典书目中流传最广、影响最大、最脍炙人口的作品，是培养小学生理解能力、记忆能力、创造能力的最佳课外读物。

　　最后需要指出的是，本丛书把世界上流传甚广的经典童话、寓言等也尽收其中，并将这些文学作品重新编写审订，使作品在不影响原著的基础上更适合少年儿童阅读，在丰富他们课余生活的同时提高语言和文字表达能力。本丛书通过科学简明的体例、丰富精美的图片等有机结合，使小读者不仅能直观地领略作品的精髓，而且还能获得更为广阔的文化视野和愉快体验。希望本丛书能成为孩子生活的一缕阳光照亮孩子前进的道路，能成为一丝雨露滋润孩子纯净的心灵。

编　者

目　录

美丽的海伦娜

在一个海岸上，矗立着一座雄伟壮观的城堡，它的主人叫做沙尼王，他不仅俊美无涛，而且动作敏捷，力大无穷。当他成年时，城中的智者想到，他们的王应该成亲了。于是向他们的王提起了这事。沙尼王也觉得是时候了，但……没有一个女郎能使他感到满意。于是他命人给马套上缰绳，按上马鞍，然后给自己披上盔甲，他要出发到邻邦去游历，以求得一位合意的新娘。他从这个国到那个国；他在国王们的宫殿中，在农夫们的草舍里寻找着新娘的人选；他还派出好些人为他去访求，但都没有找到。没有人能使他满意。但最后在一个很远的地方，在一座他暂住的城堡中，他遇见了一位美丽的女郎，她美得倾国倾城，举世无比。她的芳名叫做海伦娜。他对她一见钟情，强烈的爱意让他无法自拔。他问她可否做他的妻子，她答应了。

结婚以后，我们的王沙尼便带着他美丽的妻子回家了。回家后，沙尼准备了一个盛大的宴会并邀请他的朋友们和亲戚们来赴宴。时间在欢乐的气氛中飞快地过去。在这一对少年夫妻还未察觉时，宴会已开了两个星期了。

而在那个国家，有这样一个风俗：规定在每对夫妻成亲十四天后，丈夫必须离开他的妻，去远处游历一年才能回来。沙尼也按照这个风俗出发游历去了，虽然心里很不舍与他的妻子分别。他走了一二个月之后，一个商人，来自史丹波附近的一个城市，到了沙尼王的城中。他是如此的俊美，还带来了许多货物，都是这城中从未见过的——丝绸、宝石做的杯子、宝石等。当他把所有货物都卸下时，便问大家有寄住的地方吗？众人指引他去了沙尼王的家里。他到了那里，众人向王妃引见了他，她同意让他住在她家里，并欢迎他在她家作客。她叫人对他说道："我的丈夫虽然不在家，但他好客的心意犹在，我家的门永远会向各位客人敞开。欢迎你的到来。"商人开始将他的货物一一展示，摆摊出售。百姓们都蜂拥而至，啧啧地称赞他的货物是多么的好。但在全城中，相较于他的美丽货物，大家对那个俊美的商人更感兴趣，更加称颂有加。就连王妃也对她那位俊美的客人心动了。她邀请他到她的卧室里，寻问他国外的新鲜事，以和他谈话为乐。而那位商人呢，他也喜欢上这位文静的王妃。他经常抽出时间陪她谈天说地，毫无疑问地，凭借他那俊美的外貌以及无人能及的口才渐渐的赢得了海伦娜的爱情。他们的关系一天比一天亲密，海伦娜渐渐地无法守住她与沙尼王的誓言了。自商人住在那里以后，已经过去六个月了，但两位坠入爱河的情人并没有觉察到时光的飞逝，也没注意到沙尼王回家的日子一天一天的近了。当他们想到时，他们开始害怕了，战栗着等待这个可怕的日子的到来。商人向海伦娜述说着他的爱意：如果失去她，那他将生不如死。而海伦娜呢？她也是这么想的。他们想了许久，却想不出使他们不分别的方法……他们已经无计可施了。虽然他们想不出，但王妃的一个侍女却代他们想出了一个方法。

那天，当她为商人整理床被时，她发现以前那个整日笑容满面，快乐无比的客人，现在却愁眉不展陷入深思中，沉默不语，也不像以前一样常常和她说话了。她问他道："俊美的客人，你有什么心事吗？为什么那么忧愁？让自己如此痛苦？"商人答道："你应该很清楚的。你知道我对王妃的爱是多么的真挚，我万不能没有她否则我将无法活下去，请救救我吧！"侍女想了一会，然后焦虑地说道："但我怎么能救你？如果王回来后知道了，他将会如何处置我？"商人道："只要你能救我！好人！我将送给你我所有的东西作为报酬——珠宝以及一切财物。"侍女道："但如果王杀了我，我要你的珠宝又有何用？"商人道："我会处理好这件事的，那样就不会有人知道我给你钱让你替我做事了。我要把一个瓶埋在天井中，在里面装满给你的报酬；然后，我会挖一条秘密通路，从那里将瓶子直接送到你的房里。那么，就没有人会怀疑你了。"侍女同意了，并且答应他，如果他要和王妃一同逃跑，她可以帮助他。于是他们开始周密地计划起来。商人将等在一只船上，而船则要泊在密布树木的岸边。侍女会带着王妃去那里沐浴，而商人则假装与王妃偶遇，并邀请她和他一同上船，出去游览一回。而其余的事则要商人自己去安排了……到了约定的那一天，王妃果然和她的女侍们去了海岸边，她脱了衣服，走进水里。开始沐浴，她对商人和她侍女的计划毫无所觉，一心一意地在水中清洗着自己而且洗得很高兴，突然地她的情人坐在小船上出现在了她的面前。王妃受到了惊吓，想立刻上岸去，但商人用花言巧语诱惑着她："来，亲爱的海伦娜，陪我一起到树荫下荡船游览一回吧。"她答应了，上了商人的小船，于是这小船挂帆出发了。但它驶去的方向并不是岸边的林荫而是商人大船停泊的地方。

　　现在她终于明白了她情人的计划，但她的心里只迟疑了一会，与她的家人、她的人民相比，她的情人更加重要，所以隔了一会儿，她便投身于她情人的怀抱中了。女侍看到了一切，但因她先与商人有过约定，便没有出声呼救。

　　她回到家中，把自己锁在了王妃的屋子里。当有人问起她有关王妃的事的，她只说王妃生病了，不能离开卧房。送来给王妃的食物，也被她吃了。就这样，王妃与情人私奔的消息，被她瞒过了三天。

　　到了第四天，她突然惊叫起来，惊慌失措地说她的主人不见了，是不是和那个客人一同逃走了？现在大家都知道王妃失踪了。虽然许多人都有看见那只船驶出了港口，但没有一个人会去注意它，因为船来了，又走了，是每天都会发生的事。大家都十分的焦急，因为沙尼王不久就要回来了。他们将如何向他交代呢？起初没有人相信他们高贵的王妃会和一个卑贱的商人私奔，他们以为她只不过是迷路而已不久便会回来。于是他们从岸上找到海上，却都没有看见王妃的身影。

　　过了好久，他们才相信王妃真的和那个商人私奔了。没过多久，沙尼终于回来了。所有他的好友都聚到了一起来欢迎他；他们带他去了餐馆，请他吃饭喝酒以庆祝他的归来。但沙尼立刻感觉到一定发生了什么不好的事，因为他们在欢迎他时，并没有露出喜悦的面孔以及发出欢快的欢呼声，大家都是垂头丧气、郁郁寡欢的样子。他知道一定发生了什么不幸的事，但风俗不允许他先去看他的妻子，即使他已心急如焚。到了日落时分，他再也无法等待了，他终于叫来他的侍从，带他去见他的妻子——但所有人都静静坐着，没有离席。沙尼又说了一遍……最终他们把一切都告诉了沙尼。这个消息使他如遭电击般地惊呆在那里，他也不回家了，立刻出发去寻找他那逃妻。他找遍了他国内所有的地方，却一无所获。他正想回家，忽然他想起他父亲的老师就住在附近。当他找到了这位老教师时，他已经很老了，但却立刻认出了他，并很恭敬地请他进去。在谈话中，沙尼见老人已经知道海伦娜失踪的事，便向老人讨教该如何寻回他的妻子。老人道："在国内你是找不到她的。你看着像是一个聪明人，怎么会干出只有四肢发达头脑简单的人才会做的蠢事呢。为什么会在你的国内找你的妻子呢？她自然不会藏在这里！你不要在这白费力气了，且到海的那边去找找吧。你到了那里，要把耳朵伸长喽：因为愈是美丽的女人，谈起她的人就愈多。过个一两年，你一定可以找到她的。"沙尼明白了，便辞谢了老人回家去准备远行的物品了。即使找到天涯海角，他也一定要找到海伦娜。他准备了一只船，便出发了。

他航行许久，当他看见远处的山时，他很高兴因为可以在这个国家打听海伦娜的消息了。正在这时，他见前面有一只船正在向他驶来。在那只船的甲板上，站着一个少年，远远地看着好像一个美丽的女郎。但他甲胄披身，肩负箭袋，手执弯弓，腰佩宝剑，头戴铁盔。沙尼站在头，与那少年同样的打扮，但胸前却挂着一个王特有的标记，闪闪发光。当美丽的少年见到他胸前的标记，知道他是一位王时，便立刻摇着小船来到了沙尼的船上。少年们互相问侯后，少年便问沙尼王要去哪里。他答道，要去打听一些他想要的消息。少年道："如果是这样，那么你何不找一个朋友和你同去前去，闲时也可以互相交谈打发时间么？如果你愿意，我将成为你的朋友与你一同前去。"沙尼很高兴便赞成了他的提议，于是他们便一同开船向岸驶去。到了岸边，他们便远远地看见了城墙。他们进了城，穿过大街，找了一间屋子住下。沙尼在那里把旅行的目的告诉了他的新朋友，并叙说他的妻子是如何被人拐走的，而他是多么地希望能够找回她。他的朋友建议道："你不能就这样去找她。如果你化装成一名乞丐，可以更方便些。

如此，你可以去任何地方，可以到现在的你不能去的地方；所有人都将毫无顾忌地在你面前谈天说地，这样你便可以听到平常人听不到的话了。"这个建议，沙尼觉得很好，便立刻照做了。他的朋友为他找来了一个乞丐袋、一件破衣，以及一根拐杖，立刻，这位俊美健壮的王，便成了一个衣不裹体的臭乞丐。他立刻出发了，经过帝王的宫殿、穷人的茅屋，去过了所有的地方，但都没有打听到他妻子的消息。他不知该如何是好，便回到他朋友那里，告诉他这不幸的消息。他的朋友问道："你曾到左边那巨室去找过吗？"显然，沙尼没去过。但听了少年的话，他便立刻去了那里。看门的人允许他进去。于是他便一个房间、一个房间地乞讨，得了不少东西。在第二层，他在一间特别的房子里看见了一位女主人。她躺在一张床上，那就是海伦娜。海伦娜立刻认识了他。但她的眼中并没有喜色，反而非常地生气。她大声地叫喊她的仆人把这龌龊的乞丐用扫帚了赶出来。

这一切，他都告诉了他的朋友，并问道："现在我该怎么办呢？告诉我吧，你一定有办法的。"少年答道："把乞丐装换下，穿上你自己的衣服；你现在必须用武力去夺回你的海伦娜。"这正是沙尼的意思。他立即恢复成王的样子，并且全副武装。朋友道："现在我们不能浪费一点儿时间。你负责去捉住你的妻子，而我则去抵挡卫队，好掩护你逃走。我们动作一定要快，现在就去。"他们闯进了巨室。卫队无法抵抗他们。沙尼举起椅子，将阻拦他的士兵推到一边，把晕过去的海伦娜抱了起来。一大群人集合了起来，这个消息已如闪电般传遍了全城。但沙尼和他的朋友并没有感到害怕。沙尼冲出包围，而他的朋友则为他断后。

慢慢地，他们在成千上万的士兵中杀出了一条通往海岸的血路，他们的船正在那里等待着他们。他们毫发无伤地回到了船上，便立刻拔锚开船打算离开这里。由于恰好是顺风，船很快地驶离了岸边。两个武士则在甲板上不断地把箭射向岸上密集的敌人们。现在沙尼带着他用武力夺回来的妻子以及新朋友一起回家了。当快到家时，沙尼对他的朋友道："快上岸了。我希望你能成为我的客人，让我报答你的恩情。"他答道："不，我不能住在你那，我家中还有事必须回去。但如果你要谢我的话可以和我平分你得来的东西。"沙尼道："不用分了，你自己把她带走吧，我不会和她再住在一处了。"他道："不，我们必须杀了她。"一说完，他便用他的刀把海伦娜杀死。沙尼起初惊得如石人般僵硬不能动弹；他没有想到他辛苦寻找的结局竟是如此。但由于他对她真挚的爱被她辜负了，伤得他太深，并损坏了他的名誉，所以这时，他也没有特别伤心。他说道："我要把她的尸体带走，给我的百姓们看。这样他们才会相信我并不是空手而归，而这个不守信用的妇人已受到了她应得的报应。"他的朋友回到他自己的船上，向沙尼告别道："再会，虽然你失去了你的妻子，但她对你并不忠诚。我知道巴拉汗的七兄弟，有一个妹妹，她可以做你一生的伴侣。"当沙尼回到了家，便把所有的事都告诉了他的百姓，然后他决定去寻找巴拉汗的兄弟们。他在大陆上寻了他们许久，但都没有找到。于是他猜测他们一定不在大陆上，便乘上船到海外去寻找他们。

　　他驶过黑海，然后到了地中海。他在一个大岛，上了岸，开始寻找巴拉汗兄弟们。果然，事情是如此地巧，他们竟住在这个岛上。沙尼便骑上了马，到了最近的一个城镇。他走进城中，问了他遇见的第一个人巴拉汗兄弟们住在哪里。那人把他带到了一个城堡前。沙尼在门前下了马，敲了敲门，便被请了进去。巴拉汗兄弟们虽然不认识他，也不知他来这的目的，但还是很客气地接待了他，他们从他胸前挂着的徽章上，认出他是一个王。吃了巴拉汗兄弟们款待他的晚餐后，他便去睡了。

　　第二天早晨。七个兄弟恭敬地站在他面前，问他有什么需要，热情好客是他们国里的风俗。沙尼于是将名字告诉他们，并把来此的目的说了一遍。六个哥哥都沉默了下来，只有最小的那个仍然笑容满面地看着沙尼，等了一会儿，见哥哥们都没说话，便问他们为什么不说话，客人还在等着呢。于是最大的哥哥说道："我们的妹妹强壮得像一个巨人，她不仅骄傲，而且凶恶。我们兄弟几人实在不敢把你要见她的事告诉她，且我们连跨过她房门的勇气也没有。"但是最小的那个哥哥说道："就算我丢了性命，我也要为尊贵的客人去试一试。我将立刻把你的来意告诉她。"他一说完，便走了出去。但沙尼在他后面追叫道："对你妹妹说，我只是想和她见上一面，我的来意还是等我自己向她说明吧。"那位最小的哥哥进了他妹妹的房间，说道："昨夜沙尼王到了这里，并在我们家做客；而且他想要见你。我应该如何答复他呢？"她答道："我愿意见他，让他进来吧！"她哥哥很高兴地跑回到沙尼那里，欢天喜地地向他回了话。几个兄弟们都互称万幸，觉得他们的妹妹变得亲切多了。沙尼前去见她。当他站在门口时，她起身来迎接他。她以前从未如此过，也不喜欢见人。这一次对沙尼来说可说是无尚的光荣。于是沙尼鼓起勇气，说道："公主，从他人那里我得知了你的美名，我来这里是为了把我的身心都贡献给你。你可否愿意嫁给我？"公主一句话也没说，只是转身走开了。沙尼又说了一遍；她还是沉默不语只是走开了。

到了第三次，她才答道："我答应嫁给你。"沙尼高兴地立刻跑去找她的哥哥们。他们听了这个好消息，立刻命人将其传遍全国，与民同乐。然后他们一起定下了婚期。七个兄弟，每个人都杀了一只公牛、一只母牛、以及一只羊，用来宴请宾客。这是一个非常盛大的宴会，赴宴的人，不计其数。然后，来了一位歌者，弹着琴，唱起先人们光荣的事迹。但后来，他把曲调一转，唱起了另一首歌——唱的是在大海的另一边，有一个商人到了某一个王的宫中，拐走了他的妻子。沙尼立刻知道了歌里唱着的故事，但巴拉汗兄弟们以及歌者都不知道他就是歌里的那位王。他悲伤地垂下了头，大颗大颗的眼泪，从脸颊上滑落。当巴拉汗兄弟们注意到时，他们叫歌者换一首歌。他便换了一曲唱起了海伦娜的事，不知历经多少艰苦，她那被骗的丈夫凭借着武力，终于把她夺了回来，沙尼听了，头垂得更低了，他感到很伤心，他知道他的不幸已沦为世人的笑柄。当巴拉汗兄弟们见沙尼还是不喜欢这歌时，便开始举行角力比赛，这也是他们国内的风俗。周围都挤满了宾客，各种游戏开始了，少年们互相掷环以比谁的力气最大。还有进行比箭，后来又比试掷石。沙尼静静地坐着，并不参加他们的游戏。这使得宾客们有些不高兴，他们来到他面前，问他为什么不和他们一起参加角力比赛。有一个宾客甚至直接给了他一块石头叫他展示他的力量与技能。沙尼道："为了不破坏大家的雅兴，我便来试试吧！"他接过巨石，掷了三次，一次比一次远，无人能及。他们都被震惊了，以为他们即使再练个一百年也比不上他。就这样，宴会结束了。

宾客们纷纷散去，但全城的百姓们都在谈着沙尼的大力气。当夜幕降临时，沙尼被引进新房。夜已经很深了，但沙尼却无法入睡。他注意到他的妻子很不安。于是他假装熟睡，想要知道妻子怎么了。

不久她便下了床，走到新房旁的大厅中，将一个大箱子打了开来，取出了里面的盔甲披在了身上。然后她到了天井，将马牵了出来，加上鞍缰后，便骑了上去如箭一般地奔向了远方。沙尼紧跟着下了床，穿上衣服，上了马，紧追在她身后。夜色漆黑如墨，所以她没有注意到身后有人。不久，他们来到了一个深谷，一大群士兵正等在那。沙尼混在了他们中央，密切地注意着事态的发展。这些人都是由沙尼的妻子率领的，他们要去袭击一座邻城。到了规定的时间，他们便全冲进城中，将宝物搜集了起来放在马上。居民们毫无防备，起初都不知所措，后来他们也武装起来反击盗贼。沙尼的妻子负责抵挡他们，但不久沙尼便觉察到她已力不从心了。他赶紧前去帮她，他们一同击退了追兵。当她注意到身边的巨人，比她还要勇猛时，她觉得很奇怪。忽然，她见他的手在流血：一支箭伤了他。她跑到他身边，用她的丝巾包扎了伤口。

现在战斗已经结束，袭击者们都满载而归。当他们忙着分赃时，沙尼跳上了马，偷偷地走了。他的妻子到处寻找救她的人，却一无所获。于是她也骑上马回家了。在日出之前，她回到了家，重新躺在她丈夫的身边。但她注意到有一块丝巾包在她丈夫的手上，再仔细一看，这不就是她的吗，现在她知道救她的是谁了。她开始的时候觉得很惊诧，后来便充满了感激，她情不自禁地投入他的怀中，说道："现在，你知道我不是一般的妇人了吧！。每夜我都会偷偷地骑马出去，到处打劫。我有时会离开家几个礼拜、或者几个月，去各地冒险。

有一次，当我打扮成男人时，我在海上遇见了一位武士，他要去找回他的妻子，于是我帮助了他。当我们用武力夺回她时，我杀死了那个不节的妇人……"现在轮到沙尼惊讶了！他认出她便是那位好友，那位帮助过他的人。他要将她紧紧地抱在怀里，但她挣开了他，说道："以前我是一位女战士，但现在我已找到了一位比我更强的勇士。我要把自己献给了他，放弃了以前的生活，做他的贤妻。我以后只做一个贤惠的妻子，那对于我们俩都好。"大家知道她已经改过自新，都非常的高兴，尤其是她的七个哥哥。大家都跑来祝贺沙尼和他的妻子。历经几天的宴会结束后，这一对少年夫妇便带着丰富的赠礼回到沙尼的家去了。

做梦的人

　　从前，有一个男孩，由于他的母亲早死，和他住在一起的是他的继母。

　　有一天，继母把一堆谷粒散在了打谷场上想让太阳晒晒，并告诉男孩要好好地看守着，但男孩却睡着了，在他睡着时，母鸡们便跑来把谷一粒一粒地啄吃了。继母见了，非常生气，狠狠地打了这个可怜的男孩一顿。他连连叫道："母亲！母亲！听我说，我有一件事要告诉你。"继母问："唔，什么事？"男孩道："听我说，我做了一个很美的梦！我一只脚站在巴加达的城中，另一只脚站在了本地的郊外；太阳从我的左脚升起，月亮从我的右脚升起，我的双手里都是星星，脸上也是星星。"继母很喜欢这个梦，便说道："立刻把你的梦给我！"男孩回答："但这只不过是一个梦，怎么可能给你呢？"继母又气了起来，狠狠地继续打他，并且把他赶出了家门。男孩无奈地走开了，后来他走到了一个国王住着的城堡。国王问："你要去哪里？想要得到什么？"男孩道："我的事情是这样的：我的继母因为我不能将我的梦给她，所以打了我一顿，并把我逐出了家门。"国王很好奇，要这个男孩说出他的梦。等男孩说出来后，国王也想要这个梦。男孩无奈地说："但是我不知道该怎么做，这不过是一个梦而已！它来了，又走了……"国王听了很生气，他下令把这男孩抛进一个深洞里。

　　这个国王有一个美丽的女儿。她十分怜悯这个男孩，便私下里把食物放进了洞里给他。这个国王是主宰西方的王，当时世界上还有一个主宰东方的王，早已向他请求想娶他那美丽的公主为妻子，但他不同意。有一天，东方的王给西方的王送来了四匹马，使者传话道："请猜一猜哪一是母马，哪一匹是最小的马，哪一匹是第二小的马，哪一匹是最大的马。如果你猜对了，那么我们无话可说愿赌服输；但如果你没有猜对，那么你的女儿就是我的了。"这事使得国王和他的公主都很难过，因为他们都不知道哪一匹马是最小的，哪一匹马是最老的。

有一天公主送饭给少年吃时，便对他说道："可怜的做梦人呀！你以后该怎么办呢？如果我去了东方的王那里，那么，你会被饿死的。"他问她为什么要去那里。她便把要猜四匹马长幼的事告诉了他。少年道："不要担心，我可以帮助你。你们给马吃一顿好东西，里面多放些盐，然后把它们关在马房里。等到了第二天再把它们拉出来。当你们把门打开了时，你们就会知道哪一匹马是最老的，哪一匹马是最小的。母马一定是第一个出来喝水的，然后是最幼的小马，再然后是第二小的那匹，最后是年龄最大的马。"于是公主把少年的话都告诉了她的父亲，一切都如他所说的。东方的王见此计不成，便又使了第二个计谋，把一根很大很大的箭射到了西方的王的城堡前面，牢牢地插在了地上，没有人拔得起它。于是公主又去问了做梦人，问他有什么方法可以拔出这支箭。他答道："不要怕，今天晚上我会跳出这个洞，把那支箭拔出来。"他果然这样做了，到了晚上，他把箭拔出来放在了地上，然后又回到了他的洞。当第二天早晨国王看见这支箭已经被拔起后，惊叫道："是谁把这支箭拔起来的？我要把公主嫁给他。"所有听到这话的人，都说这支箭是自己拔起来的。于是，国王又说道："谁把这支箭拔起的，还须当着我的面把这支箭带走！"但始终没有一个人能够把这支箭移动半步。公主建议道："父亲，也许这是做梦人做的。"国王立刻传令把做梦人带了过来，他来了之后，轻松地拿起了那支箭，并把它射回了东方的王的城堡里。见此，西方的王非常的高兴，便把公主嫁给了他。很快，两个多星期过去了，但这一对新人，只能同聚这短暂的时光，因为三个星期之后，做梦人将被国王派去和东方的王打仗。

三个星期以后，做梦人上路了。走了没多远，他看见田里有一个人在耕地，一边耕耘，一边却把他耕起的土往嘴里放，并吃了下去。他向这个人说道："你在那里吃泥土，是不是一件很难的事？"这个人答道："不，不，那个做梦人娶了公主，现在又要去打仗，那才是难事呢！"他回道："我就是做梦人！跟我一起走吧，我们做伴一起去打仗。"于是他们一同上路了。又走了一段路，看见一个人正坐在海边，贪婪地喝着海水。做梦人道："那真是一件难事啊，竟然能喝下那么多海水，不是么？"那个人答道："这还真不算难！那做梦人娶了公主，现在又要去打仗，那才是难事呢！"他回道："我就是那个做梦人！跟我一起走吧，我们做伴一起去打仗。"于是喝海水的人也加入了他们，三个人便一起出发了。过了不久，他们看见一个人把磨石锁在脚上在追一只兔子。他们都很惊讶，跟他打了声招呼，说他做这事真不容易。那人说道："什么，这很难么？那做梦人娶了公主，现在又要去打仗，那才是难事呢！"做梦人回道："我就是那个做梦人！跟我们一起走吧。"现在他们已经是四个人了。走了没多久，他们又看见了一个人，他正把耳朵贴在地上，好像是在听什么，并且还不时地说着话。他们问他："你在干什么？"把耳朵贴地上的人回道："蚂蚁们正在地下打仗，我正在帮他们谋划呢。"做梦人说这真是一件难事啊，而他所给的回答也和前面几个人的一样。于是这个人也加入了他们，现在他们一共有五个人了。他们走了很久，又遇见了一个人，他正站在那里仰头看天，手里还拿着一张弓，他们问道："你在干什么？"那人答道："三天之前，我射出了一枝箭，我见它到现在才回来！"做梦人便赞道："呵！你做的事真不容易啊。"但那个人的回答也和前面几个人的一样。现在他们又多了一个人。他们走啊走，又遇见了一个人正玩着一群鸽子，他把它们的翅膀换来换去，而它们都不知道。做梦人道："呵，呵，那真是一件难事！"那人的回答也和前面几个人的一样。现在他们一共有七个人了。没过多久，又遇到了一个人，那人是一个牧师，他把他的礼拜堂扛在肩上随身带着；当他想要做祈祷时，便会把礼拜堂放下来然后走进去做祈祷。做梦人叫道："牧师，牧师！你做的事真是太不容易了！"但那牧师说不对，那做梦人做的事才难呢。于是他们又加入了一个人。这八个人一同到了东方的王那里要他把他的女儿给他们。但他是不会轻易给他们的。他说道："我的女儿必须先知道你们是谁，然后我们才能谈有关我的女儿的事。我会叫我的面包匠做够三天吃的面包，如果你们能在一天之内把它们都吃完了，你们就可以得到我女儿了，要不然，你们的头都会被砍下来。"他们答道："好的！"于是这几个好朋友对吃泥土的人说道："你既然能够吃泥土，那么想来吃面包也不是难事了。"他豪爽地答道："把这事交给我办吧，我会把面包吃得一点儿细屑都不剩。"他们拿来了几大堆面包，吃泥土的人很快把它们全都吃光了——连一点细屑也不剩。国王道："好的！但现在你们必须喝酒。如果你们能够把我的酒缸喝干了——要注意，只能喝一口！——那么，你们就可以拥有我的女儿，要不然就把你们的头都砍下来。"他们又说道："好的！现在轮到你了，喝海水的人。你既然能够喝咸的海水，当然更能够喝酒了。"喝海水的人也很自信地答道："这事就交给我吧！"当他见了酒缸，便大笑起来道："呵，那还不够我喝一口的呢，立刻就可以喝完！"——果然整个酒缸立刻被他喝干了。国王道："很好！现在我要让你们去汲一筒水来，河水离这里有三天的路程。你派你们中的一个人去，我也派我的一个人去。如果是我的人先回来，那么你们不但不能得到我的女儿，还会丢了性命；但如果是你们的人先回来，便可以拥有我的女儿了。"现在轮到足上锁着磨石去追兔子的那个人了。他也豪爽地答道："这事交给我办吧。"于是他和国王的人一同出发了。

当他们走了一天的路后，国王的人已经远远地落在了后面，追兔的人仍然十分敏捷地走着。突然，国王的人想出了一个办法捉弄做梦人的那个朋友。他说道："我跟你说，我们可以走慢些。为什么我们非要这么辛苦地奔走呢？让我们先休息一下再走吧。"追兔人相信了他的话，便同他一起坐了下来吃些东西。但国王的人却把催眠药放在了追兔人的酒中。于是他睡着了，国王的人便立刻站了起来向前奔去。他走了两天，来到了水边，汲满了一桶水后，便又往回走了一天，但追兔人还在那里熟睡。这时做梦人对那位弓箭手道："弓箭手啊！你看一看吧！我好像感觉到国王的人已经在回来的路上了，但是我们的人在哪里呢？"弓箭手便向远处看了看说道:"不好了!我们的人在半路上睡着了。而国王的人却已经汲满了一桶水往回走了。"七个人全都急得叫了起来道:"不得了了!不得了了!"弓箭手于是拿起他的弓,射了一支箭,正好射在追兔人脚上所缚的磨石上。他立刻被惊醒了,立马如风一样快地跑到了水旁,汲满了一桶水后,很容易地超过了国王的人。国王对做梦人道:"很好,现在我们应该举行婚礼了。"于是公主出来了,她要和做梦人结婚。宴席是非常丰盛的,但国王命令他的仆人把毒药放进了这八个客人的食物里,因为这样就可以把他们全都毒死了。但是这个秘密却被八个人中那个能听到地下蚂蚁打仗的人听到了。他告诉了那个能随意偷换鸽翼的人,要他把食盆都掉换给别人,而国王的仆人丝毫没有注意到,于是吃到那有毒食物的人都立刻死在了座位上。现在一切都已成定局了。

但国王还想要再试一次。他道:"很好!那么现在必须找一个人出来把嫁妆全都带走!"这下轮到把礼拜堂扛在肩上的那个牧师来解决这个难题,他说道:"这事交给我办吧。我不仅能把嫁妆全带回去,还能让你们都坐在它们上面。"于是他们把公主的嫁妆一件一件地都放在了他的肩上。牧师还在叫着:"把它们也放上来,把它们也放上来!"似乎不够他拿的样子。然后他们走了,各自回家去了。说话间,五六年过去了,做梦人的第一位妻子生的孩子已经很大了。

现在,做梦人回来了,他让一个妻子坐在他这边,另一个妻子坐在另一边。而他的小孩子则端着一个金脸盆走了进来,他把盆子放在他父亲面前,开始清洗他的手脚。这时,做梦人指着他的两个妻子,对他岳父说道:"看,这是太阳,那是月亮。而清洗我手脚的孩子就是那颗闪闪发光的星星。谁会把这些给你呢?"最后国王将他的王位以及所有的土地都给了做梦人,并且亲手将皇冠戴在了做梦人的头上。

求不死国的人

从前，有一个寡妇，她有一个儿子。等这个孩子渐渐长大了，他发现除了他之外，每个人都有父亲。有一天他问他母亲道："母亲，为什么别的孩子都有父亲而唯独我没有？"

于是他母亲悲伤地答道："因为你的父亲已经去逝了。"

孩子又问道："难道，他永远都不回家了吗？"

母亲答道："不，我的孩子，你的父亲是永远不可能回来了，但是总有一天我们都将到他那里去。没有人能够逃脱死亡，我们最终都会死去，然后被埋在土中。"

对此，孩子很不理解："我并没有恳求上帝给我生命，但既然他已经给了我生命，那为什么又要收回去呢？我一定要出去寻找一个没有死亡的地方。"

他的母亲极力地劝导，百般地譬喻，说世界上根本不存在这样的一个不死国，叫他不要出去寻找。

但他不肯听，他还是要出去游历天下。他游遍了世界，每到一处他总要向人询问："这里是否死过人？"别人也总是给予同样的回答："是的，有的！"

不知不觉地他已经是二十几岁的青年人了，但不死国还是没有找到。有一天，他路过一片荒野，突然看见在他前面站着一只鹿，那又大又有许多分枝的角直插云霄，看不见顶端。

青年人觉得这只鹿的大角实在有趣，便走近这只鹿，问道："请你告诉我，世界上有不死国吗？"

鹿答道："我是上帝的使者，传承着他的意志。我永生在世上，直到我的角长到了天上，那时我便死了。如果你愿意，可以和我住在一起，等到我死了，你可以得到任何你想要的东西。"

青年人道："不，我只要永生，其他的都不要。如果我答应你，还不如一直住在家里不出来旅行呢。"他说完，便告别了这只鹿，向前继续走他的路了。

越过一个又一个沙漠，走过一个又一个草原，跨过一个又一个平地，穿过一片又一片森林，最后他到了一个深渊边上。这个深渊在他看来简直就是一个地狱，深得看不见底。而环绕在这深渊四周的是又陡又高的峭壁，高得似乎上耸至天，在其中一个峰顶上，一只乌鸦站在那一动不动。

于是青年人向它打招呼道："乌鸦先生，你知道不死国在哪里么？"

乌鸦答道："我是上帝的使者，当我把这个深渊填平时，我就会死去。……如果你愿意，你可以和我住在一起，你将拥有一切。"

但是青年人还是没有同意，他仍向前走去。他走到了天涯海角，在那里，没有一个人。但他看见在很远的地方，有光在闪烁着。当他走近一看，发现这是一所用玻璃建成的屋子。它没有门，但再仔细观察，他见玻璃上有一条很细的缝，于是他用手压了上去，屋门在他面前打开了。

在这屋内住着一个女郎，她是如此的美丽，就连太阳见了她也会起嫉妒之心，青年人被她的美貌吸引住了。他走近她，问了和问鹿与乌鸦同样的问题。

她答道："这个不死国是根本不存在的，为什么你要找它呢？和我一同住在这里吧！"

青年人答道："我离开家，并不是为了来找你，而是要找不死国的。"

她说："你的寻找没有意义，世界没有尽头，你是不可能找到不死国的。如果你愿意，你可以猜一猜，我有多少岁了？"

青年人凝视着她，她那曼妙的身材，红润的双颊，把他迷惑住了，让他简直忘了生与死。他说道："你最多十五岁。"

她答道："你错了。上帝造物的第一天，我就被造了出来，但今日的我还是同那一日的我一样没有什么变化。我叫作"美",我将永远像现在这样年轻美丽。你可以永远和我在一起,但你不适合永生,永久的生命会让你不习惯。"

青年人立誓将永不违背她的意志,并将永久地和她在一起。

光阴似箭,一代接着一代,一年跟着一年,它们是如此快地过去,好像几秒钟一样。世界已经变了好几次,但青年人却丝毫不知这些变迁,女郎仍和初见时一样的美丽。一个时代就这样过去了。

有一天,青年人忽然想起他的家人。他想回去看看他的母亲,他的朋友和他的乡人。于是他对女郎说道:"我必须回家去看看我的母亲和我的朋友们。"

她答道:"你现在回去,就连他们的骨头也不可能找到,所以不要回去了。"

他连忙插话道:"你的话真是不能相信!我到你这里来不过几时的工夫,他们怎么会已经死了?"

女郎道:"起初我就已经告诉过你,你是不适合长生的。但还是按你的意愿去做吧。把这三个苹果带上,当你回到家时再吃了它们。"

于是少年告别了她,开始向回家的路走去。他经过来时到过的地方:乌鸦仍然站在岩峰上,但它已经死了,深渊也已经被填平。

见了这事,少年的心沉了下来;他想回到女郎那里去,但有些什么东西总拉着他向前走去。

走过群山,穿过森林,横过平地,他又回到了那只大角的鹿站着的地方:它仍然站在那里,但它已经死了,它的角已经与天相连。

现在,少年才醒悟过来,他当初走这条路的时候离现在已有很多年了。但他仍然向家走去。他到了自己的家乡,但没遇见一个熟人。

他向人们探问他的母亲,但没有一个人知道她的事,只有一对老夫妇说,有一个很古老的传说,里面的一个妇人和他母亲同名,但这已经是一千年以前的事了,她那求不死国而离去的儿子现在大概也已经不在世上了。所有人都不相信他就是那个妇人的儿子,他们都认为他是上帝的使者。所以他们都围着他，跟着他一同走。

最后，他到了自家门口，家宅的遗迹还可以看到，破倒的墙上生满了绿苔和荆棘。如今，过去的一切都还历历在目，他想念他的母亲和他的少年时代。他的心里非常得苦闷，于是他想到了那三个苹果：他吃了第一个，突然地一根根白须从他的脸上长了出来。当他吃了第二个时——他的双膝开始战栗起来，浑身变得一点力气都没有了，他已变得非常衰老了。他自己觉得非常虚弱，于是他请求身边的男孩帮他从衣袋里取出第三个苹果给他吃。当他吃下这个苹果时，他便长眠在地上了。于是村中的人把他的尸体抬走葬埋了。

乐园的玫瑰花

从前，有一个农夫，他有三个女儿。

有一天，他割了稻草要到城里去卖，于是他问三个女儿她们想要什么东西。大女儿说要一件衣服，一件没有人会和她一样的衣服；而二女儿想要一面镜子，一面可以看见整个世界的镜子；三女儿却要一朵乐园的玫瑰花。当农夫把车赶到城里，卖了他的稻草后，便买了衣服给他的大女儿，买了镜子给他的二女儿，但他找遍了整座城都没能找到那朵乐园的玫瑰花。三女儿为此很生气，非要她父亲把这朵乐园的玫瑰花买来给她。

他该怎么办呢？他只能再次回到城里，一路上遇人就问什么地方可以得到这朵乐园的玫瑰花。最后，有一个人告诉他说，这株玫瑰花长在一个巨人的花园里，但要进他的花园却是很难的，无论进去的是谁，都无法再出来，因为会被巨人们捉住当点心吃掉。他的旅途是远还是近呢？……谁知道呢？但他终于来到了那个巨人的花园。

他看见一个巨人正在玫瑰树下睡觉，而那朵乐园的玫瑰花正长在那株树上。于是他偷偷地踮着脚尖走近那棵树，摘下了那朵玫瑰花，然后拼尽全力飞跑回家。但与此同时，看守的巨人醒了过来，当他发现那朵玫瑰花不见后，便在农夫的身后紧追，他追了他许久，差不多要追上时，农夫恰恰到家了，于是他把家门一锁，躲在了里面。

而那巨人则站在他门前，高声地大叫着，震得树上的叶子都抖了起来，他叫喊道："还我乐园的玫瑰花，不然便把你的三女儿给我，如果两件你都不肯，那么，我将毁掉你的房屋，把你和你的家人都杀死！"农夫听了这话，心里害怕极了，简直不知该怎么办才好。这时他的三女儿说道："不答应他是不可能的，我愿意和巨人一起回去。但你必须替我守住这朵乐园的玫瑰花。"她说完，便开了门走了出去。于是巨人把她带回了他的城堡。巨人还有一个妹妹也住在那里，她的名字叫"狭胸"。

有一天早晨，巨人对他的妹妹说道："妹妹，今天会有几个客人要到这里来。你把"乐园的玫瑰花"（他是用这个名字来称呼农夫的三女儿的）给杀了，把她做腌肉，然后拿给大家一块吃了。"他的妹妹答应了下来，而巨人则亲自去请他的客人了。不料"乐园的玫瑰花"偷听到了他们的谈话，她下定决心要先发制人战胜他们。她偷偷地拿了一把剃头刀，当狭胸毫无防备地走近她时，她便冲向前去打倒了狭胸，把她放进锅里煮了，还把她的胸部放在了最上面。然后她把一面魔镜、一把梳子和一把剪刀带在身边，便逃走了。当巨人带着他的客人回到家时，却不见他的妹妹出来迎接，他以为她还在忙着做午饭，便走到厨房里去看她。但他一看锅内，便认出那是他妹妹，他被吓了一跳，并立刻猜出是"乐园的玫瑰花"做的，便不再管他的客人，狂怒地冲出去追"乐园的玫瑰花"了。当他快要追上她时，她便把那面魔镜抛到了后面，立刻长出了一座巨大的玻璃林。但这不能阻止巨人。他虽然被玻璃割得很严重，但最终还是走出了这座森林，然后急急忙忙地向前追。"乐园的玫瑰花"看他又追来了，便又把梳子抛在了后面，一座木梳样的荆林便从地上长了出来。但巨人还是没有被吓走，虽然他又受了伤，却还是在后面紧追着。于是她把剪刀也抛了出去，立刻一座剪刀林长了出来。

巨人在绕过这座剪刀林时，受了一身的重伤，流了许多血，身体已经非常虚弱了，但他还是不肯放过"乐园的玫瑰花"。"乐园的玫瑰花"现在已经没有武器了，她看向四周，想找一个躲藏的地方。她看见一所小屋，但门窗都闭得紧紧的。

于是她跪下去恳切地祈求上帝帮她打开这屋子的门。立刻小屋的门开了。"乐园的玫瑰花"一跑进去，这门便又自己关上了。这时巨人刚好赶到屋外，虽然他想了种种方法，却都无法打开这间屋子的门。最后，他只好放弃追捕她的事，转身回到他的城堡。当"乐园的玫瑰花"查看她的避难所时，看见屋子的一隅有一个棺木停放在那，棺木中放着的是一个俊美少年的尸体。这少年是一个国王的儿子。有一天他对着太阳射了一箭，从那时起，一到日间他便会死去，到了夜里却又会活过来。于是他的父亲特地为他建造了这所小屋，在里面停放着一个棺木，装着他那奇异的儿子。每天晚上，当王子活过来后，便会离开他的棺木，吃着为他预备好的食物，快到清晨时，他又躺回棺木中。每天早晨，"乐园的玫瑰花"便会吃些他昨夜吃剩下的东西，但她始终躲着不让王子知道她的存在。王子见小屋被收拾得那样干净，觉得很奇怪。

一天夜里，他拿了一支蜡烛，察看全屋，终于发现了她。他问她是谁，为什么会到这里来，她告诉他所有关于她的经历。渐渐地王子对她产生了爱情，于是他们便如夫妻似的住在了一起。

如此，时间一天一天、一月一月地过去了，后来，"乐园的玫瑰花"快要生小孩子了。于是王子给了她一个戒指，说道："带着这枚戒指到我父亲的宫里去。在宫门口会有恶狗吠起来咬你，你只要把戒指拿给它们看，它们便会缩着尾巴退回去。然后你请求在宫中过夜，在那里把我们的孩子生出来，晚上我将来看你。"于是，"乐园的玫瑰花"向王子说了声再会，便出发到国王的王宫里去了。

她到了王宫门口，几只狗很凶恶地冲出来向她吠叫着，她把戒指拿给它们看后，立刻便没有了声音。国王知道了这件事，觉得非常诧异，便问他的侍臣这妇人是谁。但没有人知道她是谁，他们只知道她是来请求过夜的。于是国王下令允许她在这住下。在这一夜，她的孩子出生了。

第二天早晨，国王听说了这事，便同王后一起去看望她的孩子，他们见了孩子后很喜欢，那是一个非常可爱的男婴，但他们觉得很奇怪，不知为什么这婴孩很像他们的儿子。王后触景生情，竟哭了起来。而国王则叫了一个女仆来侍候这位新母亲，然后他和王后便回宫了。当天夜里，王子活了过来。他一直走到"乐园的玫瑰花"住着的房间外面。他在窗口低声地呼唤："乐园的玫瑰花！"她立刻听出这是她丈夫的声音，便答道："什么事，亲爱的？"他问道："上帝赐给了我们什么？男孩还是女孩？"

她道："男孩。"他又问道："你睡在什么上面？"她道："一卷破旧的席上。""你身上盖的是什么？""一床旧被。""你头下枕的是什么？""一块冰冷的石头。""我们的孩子躺在什么地方？""在一个旧摇床上。"太子道："唉，我的母亲！我的父亲！但我的老乳母更不好！"他说完，便重新回到了他的小屋。

看护妇听到这一切后，第二天一早她便去报告了国王。国王以为她在骗他，于是把她打发走了，并叫他的首相去那母亲住的房间外看守着，看是否有什么事发生。这一夜，发生的事和上一夜一样，于是首相把这些事都照实告诉了国王，并证实看护妇说的确实是真话。于是国王下令了，那位母亲在第三夜睡在了丝的床上，孩子也被放在了金摇床上。但他对那位母亲说道："我和几个侍臣会躲在隔壁的房间里。如果王子来了，你便对他说，他的孩子病了，希望他能进屋来看看。那时我们将把他捉住，然后把他的诅咒破了。"当天晚上，王子又准时来了。他叫道："乐园的玫瑰花！"她答道："什么事，亲爱的？"他问道："你睡在什么地方？""在一床新的丝褥上！""你身上盖的是什么？""一床新的丝被！""你头下枕的是什么？""一个丝做的新枕头！""那我们的孩子躺在什么上？""躺在一个金摇床上！"王子道："呵，我的母亲真善良！我父亲也很善良！但我的老乳母更善良！"她回道："是的，一切事都很好——但孩子病了——你能进来看看他么？"王子道："那屋里人都睡了么？没有人醒着吧？"她道："不要怕，进来吧。所有人都睡着了。"于是王子走了进来，但立刻就被捉住了。国王和王后看见他们的孩子活生生地站在他们面前，真是高兴极了！但天色一亮，他又死了。随他死去的是王宫中的欢乐。大家又开始悲伤起来。没有医生，没有祈祷师，没有智者能够救活他。所有人都不能叫这位王子醒来。此时王后想起她的姐姐嫁给了太阳，于是她下定决心要即刻去找她，求她设法救治她的儿子。不久她便上路走了。在路上，她经过一个国家，国王隆重地接待了她，但告诉她说，他的王后正在难产，国王听说她要到太阳国去，便请求她向太阳问问他妻子这病有什么办法可以救治。她在路上又遇见了一个站在赤热的火炉中的人。这人也请求她向太阳问问解救的办法。

她又向前走去，看见一只鹿，它的角挂在天上，无法挣脱开。当鹿听说她要到太阳国去，便说道："唉，慈祥的王后，这样的苦我已经忍受一年半了！请你可怜可怜我。告诉太阳我的不幸，问他我要怎样才能脱离苦楚。当你回来时，请告诉我他的答案。我将为你做一事来报达你；如果你需要一张梯子爬到天上去，我的角可以让你用。"王后很高兴地接受了他的帮助。她爬上鹿角，不久便到了太阳的宫殿了。

太阳出去打猎了那时正好不在家。王后与她的姐姐相见了，她们十分的高兴。后来，太阳的妻子道："你的运气真好，来时我的丈夫恰好不在家，不然，他会立刻把你吃进肚里去。但你还没有脱离危险，如果他回家时看见了你，依然要吃了你的，所以我必须把你藏起来。"

于是她便把她的妹妹藏在了一间房子里，并且在外面加了九把锁。没过一会儿，太阳打猎回来了。他一到房门口便叫道："我闻到一股生人的味道！他藏在哪了？"他的妻子道："这里怎么会有陌生人呢？大概是因为你刚才从下界打猎回来产生的错觉吧。"

他肯定地说道："不，不！我闻出来了，我感觉到有一个陌生人在我的屋里。不要说谎，快告诉我实话。"于是她只好说道："是的，是有一个陌生人在我们家里，但她是我的妹妹。如果你答应我不伤害她，我便把她叫出来和你相见。"太阳答应了，于是他的妻子把她的妹妹带了进来，她告诉太阳她儿子的病状，求他想想办法。

同时她也没有忘记那正在经受折磨的王后，火炉旁的人及那只鹿。太阳道："不要焦急，我的妻妹。我会帮助你及你所代求的人，现在你就在我这做客吧。"

第二天早晨，太阳在水中沐浴，当他洗完时，他把那水给了王后说道："把你的儿子放在这水里沐浴一下，他立刻就能痊愈了。难产的王后，必须睡在平常的草荐上，才能把她的孩子生出来。在火炉中的人，他只要走出了火炉，痛苦便会立刻消失了。至于那只鹿，只要它把头略微向下低一低，便不会再挂在天上了。"于是王后带着水回家去医治她的儿子了。一路上，她把太阳的话告诉了难产的王后、鹿及站在火炉中的人，这三个人都医好了他们的痛苦。她的儿子也被医好了；自从他在那水中沐浴过后，白天便不会再死去了。没过多久，他和"乐园的玫瑰花"结了婚，并继承了他父亲的王位，一家人很快乐地生活着。

巴古齐汗

很久以前，有一个磨坊主，叫作拉西。有一次，他辛苦捡回来的一袋破布不见了。他说道："我不会就这样算了的，我一定要寻出这个贼来。"于是他悄悄地躲藏在门后。

没等多久，他便看见一只狐狸偷偷地进来了，这只狐狸的肚子上一根毛都没有，背上的毛却茂密而蓬松。拉西冲出来吼道："呵！你这生疮贼！是你偷了我的破布，是不是？"他手执一根木棒就要去打那只狐狸。狐狸答道："等一下，磨坊主，等一下！古语说得好，心急吃不了热豆腐。你难道就因为我拿去了你那些小小的破布便要杀了我么？的确我偷了你的破布，但是，我会报答你，我将使你成为富翁；我还将使你娶可汗的女儿为妻，让你成为伟大而有名的人。但有一个条件，只要我还活着，你必须给我羊肉吃，当我死了的时候，你也须把我葬在羊身上。"

磨坊主很高兴地答应了它的条件。于是狐狸跑了出去，它在尘土里寻找，后来找到了一个银币。它带着这枚银币，到了可汗的宫殿里，这座宫殿建在河的另一边。它对可汗说道："请恕我冒昧地跑来，我想向你借一个斗去量巴古齐汗的银子。我跑了很多地方，跑得都倦了，但还是没有借到这种斗，所以我特地到你这里来，请你见谅。"可汗问道："这个巴古齐汗是谁啊？我没听人提过这个名字。"狐狸回答道："他是存在的，我就是他的首相。"最终它借到了斗，离开了。等到了黄昏，它把斗还给了可汗，但在斗的裂缝里插上了那个银币。可汗说道："我要知道这只狡猾的狐狸说的话到底是不是真的。"说时，他便把斗摇晃了起来，那枚银币落了下来。他想道："这大概是真的了，但我很好奇，这个巴古齐汗到底是什么人？"

第二天，狐狸又来了。这一次，它要借一个斗去量它主人的金子。当它得到那斗时，它便到处去寻找，找来找去，终于找到了一个金币，它又把这枚金币插在了斗的裂缝中，然后把斗还给了可汗。它说谎道："我们一直称量着金子，直到快天黑了才完事，真是太辛苦了。"它离开后，可汗又把斗摇晃了起来，那枚金币被摇了下来。可汗是多么的惊讶啊！过了几天，狐狸又来了。但这一次它是来代它的主人向可汗的女儿求婚的。可汗很高兴，立刻答应了下来。狐狸道："我明天会和巴古齐汗一同前来。"说完，便又跑开了。

第三天，它用美丽的鲜花做了一件外衣给拉西穿，还给了他一把白木雕成的剑。巴古齐汗——现在他就叫这个名字了——从远处看，真像一道彩虹，当一切事都准备好了时，狐狸对他道："可汗会和他的侍臣们到河边来接你。但你过河时，要故意叫道：'救命呀！救命呀！我要被河水冲走了！'这时，要把身子泅到水底。那时，可汗的侍臣们自然会来救你，那么以后的事就都会顺利了。"

事情果如它说的那样发展着。当巴古齐汗到了河的中央时，他故意失足跌进河中，然后大叫救命。自然地他身上穿的东西都被河水冲走了，所以等到侍臣们下水把他救起来时，他全身都赤裸裸的如同新生儿一样。于是他们立刻给他准备了衣服。巴古齐汗现在穿了这么好的衣服，人也俊朗了许多。但他从来没有穿过这么好的衣服，他从前一直都只穿着一件破皮衣，所以穿这么好的新衣对于他来说似乎是很新奇的一件事，无法掩饰他的不自然。他这边看看，那边摸摸，这边弄平了，那边又绉起来了。可汗的侍臣们向狐狸问道："他怎么这样不安？看来好像从未穿过这样好的衣服一样。"又一个侍臣问道："他刚才穿的是什么衣服呢？远远地看着好像彩虹一样。"狐狸又骗他们道："那些衣服都是无价之宝，镶满了金刚钻及宝石。但这种衣服，他还有很多呢，失去了也没什么好可惜的。我所可惜的是他那柄丢失的宝剑。那是一柄很古老的很有名的宝剑，是他祖上传下来的。以后是再也不可能得到像它一样的宝剑了。"侍臣们道："是的，是的！它必是用金银铸造的，难怪我们远远的看着，好似有东西在日光中闪闪发光。"他们到了可汗的王宫，巴古齐汗更加新奇起来。他一会儿看看上面的天花板，一会儿看看下面的地板，又看向四面的墙壁，好像什么东西都是新奇的。侍臣们问道："他为什么这样？"可汗问狐狸道："为什么他看起来好像从来没住过这样的房子？"狐答道："不，不，完全不是这样！这不过是因为……你的宫殿使他不喜欢罢了。"最终巴古齐汗与可汗的女儿结婚了。婚宴进行了整整一个礼拜，新娘有极多的嫁妆。当这一对新婚夫妇动身回家时，可汗派了许多人送他们，有骑兵、步兵、鼓手、吹笙箫的、歌唱的、少年、女郎，还有一大群的百姓。狐狸说道："我要先回家料理一切，你们慢慢地跟来。"

它一说完，便立刻用尽全力飞跑而去。没有人知道它到底跑了多远，最终他到了一个平原，那里有一大群牛在吃草。它问道："这些牛是谁的呢？"牧童答道："是龙的。"狐叫道："小心点！小心点！千万不要再说出龙这个字来！它就快要死了。九个国家的军队正带了许多大炮、火药、子弹，要去杀它。如果你说你是它的牧童，那么，他们会立刻砍下你的头，并抢去你所有的牛。但这里有一位可汗——他叫做巴古齐汗——就连国王们都怕他。如果有人问你这牛群是谁的，你只要说它们是属于巴古齐汗的，那么，就不会有人来害你了。"狐说完，便又向前跑去，并遇到了替龙牧马的人，又遇到了替龙牧羊的人，还遇到替龙割稻的人，它都用同样的话骗了他们。

它跑啊跑，最后跑到了龙的宫殿里。它叫道："龙呀！龙呀！我竟忘记了向你致敬了，我是来向你传信的。七个国王的军队已经跟在我后面来了，他们带着大炮、枪等武器。你该怎么办呢？"龙答道："唉！我能怎么办呢？和这样的一个大军对敌我是不可能获胜的！狐君，你知不知道有什么地方可以把我藏起来？"狐说道："你可以躲藏在这里，"说着，手指着天井中的一座巨大的稻草山，"快些躲到那里去，因为大军已经快到了。"龙立刻把自己藏到稻草山里去，那狐狸呢……它用火点燃了稻草山的四角。龙在这一场大火中被烧得如同腊肠一样。

再来说说那一对新婚夫妇，在鼓乐声中，慢慢地向前走着。当他们到了大平原时，侍卫们见一群牛在吃草，便问牧童："这些牛是谁的？"他答道："是巴古齐汗的。"当他们遇到了一群马时，向马夫问了同样的问题，他也答道："是巴古齐汗的。"当他们又遇到一群羊时，问是谁的，看羊人也说是巴古齐汗的。当他们到了稻田中，问正在收割的农夫，这些田是谁的，他又接着说道，是巴古齐汗的。侍臣们听了这些话后感到非常的惊讶，因为他们没想到巴古齐汗竟是如此富有的人。至于巴古齐汗他自己也不明白这些东西是哪里来的，他感到非常奇怪并且糊里糊涂的。

后来，他们到了龙的宫殿。狐狸在大门口等待着他们。然后它把送这一对夫妇来的侍臣们都打发走了。它叫巴古齐汗和他的妻子住在楼上，它自己住在楼下。巴古齐汗的生活很悠闲快乐，他什么事都不用做，不用管，因为狐狸把一切都处理好了。但狐狸很想知道巴古齐汗是否忘记他的承诺。

有一天，它假装躺在天井中，好像死去一样。巴古齐汗的妻子对她丈夫说道："看呀，我们的狐狸躺在那里；看来好像已经死了。"巴古齐汗答道："就算它死了七次，我也不会注意。我早已厌倦了这只无用的畜生了。"他刚说完这话，狐狸便从地上跃了起来，开始唱一支小曲："我要不要讲拉西的故事，讲木刀的事，讲穿破衣的磨坊主人的事？"谁把他的膝盖跪下，恳求着，恳请那只狐不要抛弃他？那就是拉西。谁大量地饶恕他了呢？那就是狐。但天下的事总有个结局……有一天，狐真的死了。但巴古齐汗以为狐又在要什么诡计，所以不敢怠慢，用羊皮把它的尸身包裹起来，就像誓言中所说的那样。

巴拉与布特

很久以前，有一个国王，生了三个儿子。但我们所讲的是这位国王去世之后的事。

这三位王子听说，在他们国家的南边，住着一个国王，他有一个女儿，她曾向神立誓，要嫁给一位比武胜过她的男子。于是大王子决定要去试试他的运气。他穿上华丽的衣服，带上精良的武器，骑上了他那匹健壮的马，对他的弟弟们说了声再会，便出发了。他骑着马一直向前走着，走着，走了许久。他穿过大峡谷跨过深渊，走在一片无垠的平原上。

途中，他遇见了一个老人。老人问道："我的孩子，你要到哪里去？上帝将指引你到何处？"大王子便告诉了他，他的目的。老人问道："在你看来，女郎与老人的劝告相比，你喜欢前者还是后者？"少年答道："我自己会注意安全，会替自己打算的，所以我对女郎的喜爱比你的劝告更多些。"老人道："那么，祝你一切顺利，我的孩子。"少年又向前走去，最后到了那个国王的都城。在城门边他下了马，国王的人立刻接收了他的武器，并把他的马带去某地休息了，再引他到客房里。他吃了一顿丰盛的饭，还喝了好些美酒，首相坐在一边陪着他谈话。当他边吃边谈时，首相在跟他讲了许多有趣的事后，便问道："我的客人，你为什么到这里来？"我们的大王子便回道："我是来和公主比试的！"首相说："如果这真是你的来意，那么，你要记住：明天太阳刚升起时，当你准备好后，便到比武场上来，公主也会去的。如果你运气好，那么你将战胜她；但如果是她胜了你，那么你的头将被斩下并被挂在长杆上。"首相说完了话，便起身离开了。

这一席话使少年不大高兴。他整晚没睡。第二天天还没亮，他便到了比武场。当太阳升出海平面时，公主也到了。她的盔甲在阳光下闪闪发光非常明亮。她向前走来，立在她对手的面前，然后袒露出她的胸。少年晕了过去。仆从立刻走上来，斩下了他的头并挂在杆上。

许久之后，有一天，二王子出发去打听大王子的消息，并且如果有机会，他也想与公主比试比试。他与他哥哥走的是同样的路，并且也遇到他哥哥所遇到的那个老人。我们为何要将同样的事再说一遍呢？总之，他也失去了他的头。最小的王子等了许久，他的两个哥哥都没有回来。后来，他下定决心要出去寻找他们。同时他也要去与公主比武。他日以继夜地骑在马上奔跑着，之后，他也遇到了那个老人。老人问道："我的孩子，你要去哪里？上帝将指引你去何处？"少年告诉了老人自己的意图。老人问："女郎与一个老人的劝告相比，在你看来，你会选择前者还是后者？"少年答道："我不是很喜欢女郎，但我却很愿意听一听老人家的劝告。"老人说道："那么，听好了：那位公主和人比武，并不是以力量取胜，她只是解开了盔甲，袒露出她的胸而已。如此就算是最强壮的人也抵挡不了。所以，如果她用同样的方法对付你时，你只要把眼睛低下，笔直地向她冲去，如此你便能轻易地战胜她了。"少年答谢了老人后，便又催着他的马向前奔去。当他到了国王的都城边，他便下了马。一切都和他哥哥们所受到的款待一样，国王的仆人一直侍候着他，给他酒喝，给他肉吃，首相也来陪他聊天……总之，一切都和他两个哥哥所遇到的一样。在日出之前，我们的小王子就早早地起身了。太阳出来时，公主也到了。她解开了盔甲，袒出了她的胸部，但少年连看也不看她一下，他笔直地向她冲去，因此打胜了她。他把刀放在她的脖子上，问道："你是要我放了你呢，还是砍下你的头？"公主恳求道："放了我吧，现在我是你的了！"他说道："那么，立刻和我走吧，我必须赶快回家。"公主道："如果你肯为我办一件事，我便和你一起走，不然，我便不走，也不会和你结婚。"少年答道："刚才，要是你胜了我的话，我的头早已被挂在杆上了——而现在你竟然还敢命令我去办事！但你是一个女人，即然如此，就这样吧！告诉我，要我做什么事？"于是公主从一个盒子中取出了一只金拖鞋，然后把它抛到了少年的面前，说道："它和它的同伴走失了。去找到它！"他把拖鞋放在了他的背囊中，骑上马便出发了。他一会儿骑得慢，一会儿骑得快，他爬过高山，跃过深渊，渡过大河，穿过无垠的平原，然后到了一片美丽的草场上，这片草场开满了鲜花。在草场中央，还有一座花园，就像天上的乐园一样美丽，在这花园里，有一座美丽的帐篷。

　　他在帐篷旁下了马，并放了马去吃草，然后独自走了进去。所有的东西都有序地放在那里，但没有人住在里面。在帐中间有一个喷泉。他在泉水中洗了一个澡，然后躺下睡着了。没多久，就有人把他叫醒了。新来的人说道："嗨，朋友，这个花园大概是你父亲的吧，所以你把马放在哪里了？站起来，拿出你的勇气，和我打一场！"我们的英雄一跃而起，看向四周，见一个俊美的少年站在他面前。少年问他道："你要怎么打？在马上还是步战？"他答道："步战。"于是他们俩互相接近，打了又打，但谁也不能胜过谁。他们一直打着……打到中午，打到下午——太阳都快要下山了，他们还是互不相让。少年道："够了！我要走了。明天一早，我还会再来的。我的羊群在山的背面吃草，你傍晚时可以到那里去找些吃的，这里是不会有人来服侍你的。"

　　他说完话，便不见了。我们的英雄骑上马向羊群吃草的地方跑去。牧人们来欢迎他，牵住马，脱下他的外衣，并杀了一只羊，在火上烤起来，很客气地接待他。当他吃饱了，牧人们就走开了，只剩下他和一个少年人还坐在火边。我们的英雄问道："这些羊都是谁的？"少年回道："它们都是属于一个女郎的，她的城堡离这里不远，但有两只龙为她看门。"我们的英雄问清了到城堡去的路，便带了一只羊，骑上马走了。他开了门刚要走进去，两只龙便向他扑来。他把羊劈成两半，分别抛给两只龙。然后他冲进屋内，发现和他比武的那个少年人正躺在那里睡觉。

　　她不是男人，而是一个女郎。我们的英雄把手放在她胸前，喊道："起来，坏人，我要在夜里和你决斗！"女郎立刻跳下床来。他们俩又打起来了，但谁也不能打倒谁。最终我们的英雄一拳打在了她的右胸上，她倒在了地上。她说道："现在我是你的了，随你怎样处置。"她刚说完，两个牧师就走了出来，为他们俩证了婚。现在他们已经是夫妻了。他们一同待了三天，到了第四天，我们的英雄准备要动身了。他的妻子问道："你要到什么地方去？又有什么急事？你是从哪里来的？"于是他把他和那国王女儿的事都告诉了她，然后从背囊里取出拖鞋，拿给她看。他的妻子道："但这只拖鞋一定是从我脚上脱下的那只，除了我这里，她不可能从别人那里得到。"她给了他另一只拖鞋。于是我们的英雄就把两只拖鞋都放在了他的背囊里，和他的妻子说了声再会，便跳上马走了。

　　他回到那位国王的女儿那里，把拖鞋拿给了她，说："鞋已经找到了，你拿去吧！"她道："很好！但有一个人名叫巴拉，他有一个妻子，名布特。如果你不能找到他们，得知他们俩所经历过的事，我也不会嫁给你。"我们的英雄只能摇摇头，又骑上了马，走向了前人未走过的路。

　　他夜以继日地奔走着，走了很长的一段路，后来到了一个地方，那里，天晴时，是一片泥泽；下雨时，是一片灰尘。他下了马，把马系在了一棵树顶都长到天上去的大树上。他向树上看了看，发现在树的最顶端有一个鹰巢，巢中有几只小鹰，都有牛那样大。他刚爬上树，一只三个头的龙也跟了上去——但我们的英雄仅用一刀便把它的三个头都斩了下来。不久，母鹰飞回来了，它飞来时，树和山都被震动了。它问他道："欢迎你，我的英雄！现在我会待你如亲人！你已经把我孩子们的敌人杀死了。所以你要什么报酬，我都可以答应你。"我们的英雄道："请带我到巴拉和布特的家里去。如果你要报答我的话，这便是最好的报酬了。"母鹰道："呵！但如果我们到那里去的话，我们俩就都不可能再回来了！再向我要求别的吧。你可以住在这里，有什么事我会替你去办。"我们的英雄道："除了这个我没有别的事想麻烦你。如果你不想和我一起去，那么，请告诉我去那里的路吧！"母鹰道："不，如果你一定要去，那我也不会退缩。坐到我背上来吧！"它伸开了翅膀飞了起来，每动一下翅膀，一座山或一条河或一个国便在身后了。

　　后来，它停在了一座高山的岩石上。山前有一座高耸入云的高塔。母鹰道："巴拉与布特就住在这座塔里。你到了他们那里，说完了话，就赶快回到这里。如果你运气好，他的箭射不到你，我们就可以一同飞走，如果运气不好……唔，在你以前到过这里的还没有人能活着回去，在你之后，也永不会有人会活着回去。"我们的英雄到了塔前，问道："你们愿意接待一个客人吗？"巴拉道："为什么不呢？我的朋友。"说着，他站了起来，握住了我们英雄的手，叫他进去坐下，又问他从哪里来，来这有什么事。于是，我们的英雄告诉了他所有的事，连极小的细节也说了出来。巴拉道："好的，好的，我们先吃些东西，再来讲讲布特和我的故事。"吃完饭，巴拉把剩下的给了狗吃，狗吃剩的才给一个站在门后半身已化成石像的妇人吃。

　　她不想吃，于是巴拉拿起鞭来吓唬她，她便吃了。我们的英雄对此很生气，问巴拉为什么给这妇人吃狗剩下的东西，她犯了什么错。巴拉回答说："她是我的妻子，就是布特。我们结婚以后，曾过了一段很快乐的日子。但后来，我一躺在她身边，她就变冷了，如雪一样，如冰一样的冷。于是我开始怀疑她，私下观察着她。有一夜，我在大拇指上割了一刀，把盐撒在伤处，使我自己不会睡着，但却躺下，假装已经睡着了……过了没多久，我见她爬了起来，穿上衣服，出了屋。我也跟着起床，取了兵器，跟在她后面。我们有两匹马在马房里，一匹是风，另一匹是云。她骑上了风马，我便骑上了云马，跟在她后面。她在前，我在后。由于风马比云马快，所以我落后了，但还是能够看见她。就这样，我们到了纳兹巨人住着的塔那里。布特下了马，走上了塔的最高层。我也跟了上去。她开门进去，我便站在门外观察着。在屋内有七个纳兹兄弟，他们把我的妻子从这边抛到那边，以此为乐，正如孩子们玩皮球似的。

　　当他们玩累了，便坐下来吃饭。酒足饭饱后，有一个纳兹巨人走了出来。我一刀把他的头砍了下来，同样的我还杀了五个纳兹。屋内只剩下我的妻子和一个最小的纳兹了。我自己思量道：'一个总打得过吧。'于是走了进去。但那最小的纳兹拔出刀来和我对打，布特则跑到旁边看着我们。我不知道是我的运气好还是刀法好，竟然一刀砍下了他的一条腿。我让纳兹躺在了地上，然后向我妻子那里奔去，但我没能捉到她，她已经先骑上风马跑了。我跳上云马追赶着她。她先到了家，把我的魔鞭拿在了手里，等着我。我一进屋，她便用魔鞭打我，说道：'变一只狗。'于是我便变成了狗。我过了整整七年的牧狗生活。到了第八年，她又用魔鞭打了我，把我变成了一只鹰。我径直地飞到家。

　　没一会儿，布特也回到了家，她把魔鞭挂在了墙上，然后出去了。我飞到魔鞭那里，用身体碰了碰它，说道：'把我变回从前的巴拉！'于是我恢复了原形。我取下鞭子，向妻子打去。她退身不及，发出一声可怕的惊叫后，倒在地上了。我对她说：'不要怕，我不会杀你，但你也必须经受我以前所受过的苦。变成一只牧狗。'于是她也当了七年的牧狗。后来，我把她变成了一匹马，又把她变成了半身是石像的人，就成了现在的样子，吃着狗剩下的东西。现在我要告诉你：那个杀了你两个哥哥的国王的女儿，就是布特的妹妹。一只腿被我砍下的纳兹，就是她的丈夫。她把他藏在房子里的地窖中，并且已经有了一个孩子。现在你已经知道巴拉与布特以前的故事了，但……"巴拉刚说完，我们的英雄便站了起来说道："现在我可以参观一下你的房屋和庭院么？"他走出塔外，飞奔到母鹰等候他的地方。母鹰立刻把他放在背上，极快地飞了起来。它的翅膀像疾风暴雨似的拍打着，飞过了许多高山深谷。但此时巴拉却还在等待着他的客人，他以为客人还在看房子。他等了很久，等到了中午……客人还是没有回来。巴拉道："他遇到什么事了吗？"出去找他，也没找到。后来巴拉明白了他的客人已经逃走了。于是他向我们的英雄射了一箭。这箭穿过了母鹰的翅膀。羽毛向下散落着，如同一个破椅垫一样。母鹰向我们的英雄问道："他伤到你了么？"他答道："没有，这箭只从我的右耳下面飞过，割去了几根头发。你怎么样？"母鹰道："没有碰到我的骨。如果我们运气好，他不会再射第二箭。"巴拉并没有再射，于是鹰带了我们的英雄回到了国王的都城，然后它就回去了。而我们的英雄则把所有的都城人民召唤在一处——国王、首相以及百姓们——然后把他们带到公主那里去了。

　　他把从巴拉那里听来的话都说了出来。公主很愤恨，并且否认一切事实，说道：“那不是真的，你不可能见过巴拉，因为没有人能逃得出他的箭。你又怎么能逃开呢？”我们的英雄对国王道：“如果你要知道谁在说谎，那么，请你到你女儿屋里的地窖中去看一看。因为被巴拉砍去了腿的纳兹必定在那里。他现在是你女儿的跛脚丈夫，他们生的孩子也一定在那里。如果是我说谎，那么，你可以杀了我，但如果我说的是真话，那么就把你的女儿处死。”

公主听了这些话后，脸色变得如死人一样的苍白。但她无力阻拦，大家去搜查了，我们的英雄果然是对的。国王道：“你真让我蒙羞。”说时，他便杀死了他的女儿。同时，我们的英雄也杀死了纳兹与他的孩子。经过千辛万苦，我们的英雄回到了他妻子那里，并成了他本国的国王。

沙旦姬

很久以前，有一个国王，他有一个儿子。有一天，这位王子和他的侍臣们一同去打猎。当一只鹿从他的马前横穿过时，王子策马向它追去。而侍臣们一个个都落在了后面。这鹿忽然跑进一个洞中不见了。

这时天色已晚，王子便躺在洞前的地上睡着了。当他睡着时，鹿又偷偷地从洞中出来了，它把甘蔗与稻草，放在了王子的帽缘上。

第二天清晨，王子睡醒后，便跨上马准备回家。路上遇见了他所有的侍臣，然后他们一同回去了。但在他们到家后，王子生病了，他病得很重，只能躺在床上。不久，便病入膏肓，如同将死之人。

他的父亲从各处请了许多名医，但没有一个人能医好他的病。

当王子觉得自己的生命将要终结时，他请求父亲把他带到集市上去。于是他躺在床上，盖着丝被，被抬到了集市旁的湖边。

当他躺在那里时，一个秃头的老人经过他的身边，看着王子说道："看呀！就是他，那个深深地爱着沙旦姬的人！"

于是，王子的侍臣们问老人有什么方法可以治好王子的病。老人答道："我当然有办法，不要担心！"

侍臣们立刻飞跑回去告诉国王这个好消息。国王便请了老人到他面前，问他要如何去医治王子的病。

老人道："你们先去看看王子的帽缘上是否放着稻草和甘蔗。"

侍臣们跑去一看，果然看见了这两样东西，他们感到非常吃惊。

国王又问老人接着该怎么办。老人答道："如果你让他娶了沙旦姬，他便会痊愈了；如果不这样，那么他就会死去。把我想要的东西都给我，然后让王子和我一同前去：我将带他到他所爱的人儿那里去。"

国王下命将老人想要的东西都给了他，这秃头老人拿了这些东西后，便消失不见了。

一星期以后，他又回来了，还带了两匹马来：他自己骑了一匹，王子骑了另一匹，然后他们一同出发了。

他们走了很久，到了一个海边。王子问道："现在我们该怎么办？我们怎么才能渡过这海呢？"

秃头老人说："不要发愁。"说着，他便拿出了一张网给王子，告诉他："把这张网放在你眼睛上，我们将要飞跑过七个大海。在海底，你将看见许许多多美丽的东西，例如，珍珠呀，金刚石呀，珊瑚呀，金子呀，银子呀等等。但不要去拿任何东西，让它们待在原来的地方。"

然后他们过了第一个海，又过了第二个海、第三个海、第四个海、第五个海、第六个海以及第七个海，那是最后的一个海了。然后秃头老人从王子眼睛上把网解了下来，放进了口袋中。

他们又向前走啊走，后来到了一座城，经过一个老妇人家，想在那里休息。

秃头老人问道："你愿意迎接上帝送来的客人到你的家中去休息么？"

老妇人回答说："如果你们真是被上帝送来的，那么我很愿意为你们免费服务。怎么会不欢迎你们呢？不过我没有吃的东西。我只能给你们一间空房。如果你们愿意，那么就进来吧！"

秃头老人把他的手放进衣袋，取出了一把黄金，送给了这位老妇人。呵！她是如此的高兴！高兴地在屋里跳起舞来，于是她领着她的客人到了另外一间装饰华美的房间里，给了他们最好的东西吃。

他们吃了些东西后，秃头老人叫了老妇人来问道："唔，老妇人，你们城里有什么新闻吗？这里的治安好么？官吏清廉公正么？"

她答道："都很好，只有一件事不好。我们的公主沙旦姬，她能把她自己变成各种各样的动物，但她却不肯嫁人。"

秃头老人又问道："你能把我们带到她那里去么？"

老妇人回道："当然可以。我每天都要到她那里去，去替她梳头。"

秃头老人又从口袋里取出一把金子放在她的手里。她立刻为他们想起办法来。她对王子说道："明天早晨，我便要到公主那里去。你背一只金茶缸跟在我后面。当你到了宫殿前面时，便开始叫卖你的金茶缸，如一个商贩一样。"

第二天一早，老妇人到了宫殿里，为公主梳头，王子背着金茶缸到宫殿前面去叫卖。当老妇人听见他的声音时，便向窗外看去，还叫公主也走过去，说道："看，沙旦姬公主，看下面的那个少年，看他多么英俊！你不嫁给他是多么可惜呀！也许别人就要把他招去做丈夫了！"

于是公主传命把那少年唤了上来。当他刚跨进房门，公主就认出他就是那个当她变成鹿时，追她进山洞的那个猎人。

老妇人悄悄地退到房门外。王子对公主道："听我说，你的父亲一定不会愿意把你嫁给我的。最好的办法就是我们一同逃走。"

公主同意了他的这个办法。

过了没多久，她便求她父亲让她出去打猎。父亲并不反对。她在要去打猎的森林中，与她的王子及秃头老人会合，三个人都跨上了马向王子的家中奔去。

三天过去了，公主还没有回来，她的父亲开始怀疑起来。他先去看了看公主的房间，发现房门已经锁了，打开了门进去后，房内已是人去楼空。国王想："那个老妇人一定知道发生了什么事！"于是他叫老妇人进了宫，问她知不知道公主的下落。

起先，老妇人推脱说不知道，但当国王执鞭把她打得皮开肉绽时，她把一切都招了。

国王大怒，决定要毁了那个王子的都城。他召集了军队，即刻出发去追赶公主，并打算杀死王子和他的家人。

这时，王子和公主以及秃头老人已经快到都城了。在回去的路上，他们看见一个老人在那走来走去，一会儿哭一会儿笑。

王子问道："你在干什么？你为何要走来走去，又哭又笑的？"

他答道："先生，我们国家的王子死在了外国，今天是为他服丧的日子，所以我哭了，但当我想到有东西要分给我时，我又笑了。"

王子笑着说："呵呵……我就是传说中已死的王子。现在快到宫里去告诉我的父亲，说我还活着，就要回来了。快点去，他会给你好多报酬的。"

老人听了这话，立刻飞快地带着这个好消息跑进城去了。国王和官吏以及侍臣们都出城来迎接他们的王子，并且为王子与沙旦姬准备了盛大的婚礼。

但不一会儿，新娘的父亲就带着军队来到了这里。这里的国王叫人去告诉他说，不用开战了，他已经让他的儿子和沙旦姬依据仪典结婚了。如果他愿意，可以请他进来做客。

新娘的父亲见女儿很幸福，也就答应了，还在他女儿那里住了三天，然后以友善、喜悦的神情，说了声再会，便回他的本国去了。

勇敢的女儿

曾经，有一个贵族生了三个女儿，却没有一个男儿。突然有一天，他想要试一试他三个女儿的胆量。

于是他叫他的大女儿穿上男人的衣服，骑上马去外面探险。但他自己却埋伏在一座她必须经过的桥下。

当大女儿正要骑马过桥时，他就突然跳了出来，并且装成要拦劫她的样子。她非常害怕，竟晕了过去，还从马上掉了下来。

第二天，他叫第二个女儿出发去外面冒险。他也在桥下埋伏着等她。

当二女儿经过时，他同样立刻冲出来假装拦劫她，马受了惊，而她，也与她姐姐一样被吓得晕倒落马了。

最后他打发他最小的女儿出去探险了。他仍旧埋伏在同一个地方，见她经过，便突然跳出来假装拦劫她。

马受了惊，向后退了退，但她却把缰绳握得紧紧的，还趁机用鞭子重重地打了袭击她的人一下，这使得这个贵族失去了一节小手指。

他虽然受了伤，却为他女儿的勇敢感到高兴，于是让她过了桥继续向前走去，而他自己则忍痛回家了。

这位勇敢的女郎过了桥之后，便一直向前走去。不知道走了多久，她终于到了一个城市。

她向她遇到的第一个人问道："这里有什么新鲜事吗?"

那人答道："只有一件新鲜事。我们的可汗，想要一个女郎嫁给他儿子，而这个女郎却被看守在一个有许多恶鬼的地方。没有人能够去把她救出来。"

　　而这位无名的勇士（记得没错的话，她是穿了男装的），很受百姓们的喜爱，他们便请求她去救那个女郎。他们请求了好多次，这个无名的勇士才答应下来。

　　于是，她出发去寻找那位女郎了。她路过了一座火焰山，在那里，她看见有三条小蛇正从火焰中逃出。她用马鞭挑起了小蛇们，于是它们被救了。

　　当过了火焰山，她便把小蛇们放在地上，然后跟在它们后面。小蛇们爬进了一座很大的墓。当它们到了墓门附近，门便自动打开了，于是女郎和小蛇们都顺利地走了进去。

　　一只善良的母蛇住在这墓中，它是这三条小蛇的母亲。它说道："我每年都会生下三条小蛇，但我每次都会失去它们，因为它们经过火焰山时都会被烧死。这次，如果不是你救了它们，我又要失去它们了。所以，你有什么想做的事，我都可以帮你做。请告诉我，有什么是你需要的？"

　　女郎回答说："我自己不需要什么。但我正要寻找一个女郎，请帮我找到她。"

　　小蛇的母亲道："这很简单，把你的马留在这。然后骑上这匹黑马去。当你到了那里时，要把自己藏在屋后，等着那个女郎自己从屋里出来，然后你和马立刻跳过篱笆，当马一落地，你要把女郎捉住，然后尽快逃离那里。没有人能追得上你，你可以平平安安地回家去。"

　　于是这个女骑士跨上黑马出发了。她按照母蛇所说的话去做，看守人在后面咆哮着紧紧地追赶着她们，但她最终还是安全地把女郎带回了家。

　　当她回到可汗的城中，并向女郎说明她的任务后，女郎对她说："如果你不给我有七把锁的箱子，我是不会嫁人的。一张狗皮包裹着它，被放在一间秘室中。"

　　于是我们的女英雄又到母蛇那里去寻求帮助了。它告诉女英雄："要想完成这件事，你必须骑那匹灰色的马去。当你靠近屋子时，要像狗一样地无声地走近，这样便没有人会觉察到你。当你进屋时，用这个小棒触碰一下房门，门便会自己打开，当你摸到狗皮时，它也会自己松开。然后你就可以取出箱子上马回去了。"女英雄又照她的话去做，果然取到了箱子。

虽然女郎见了这个箱子，但仍然不肯结婚，她说："在海里，生活着一只公水羊和七只母水牛。挤出母牛的乳汁，再把它煮热，然后倒在一个池里。我要跳进池子里去，从这边洄到那边，他，那个想娶我的人也必须跳进那个池子里，由那边洄到这边。如果他能做得到，那么，我便答应嫁给他；如果不能，那么，我还是不会答应的。"

于是，我们的女英雄又出发了。母蛇对她说："这一次骑那匹褐色的马去，它会笔直地带你到海边，当你到了那里时，你自己和你的马都要在黑沙上滚一滚，然后再骑马入海。水牛所在的地方，你的褐色马自然会帮你找到。但你自己必须注意，当受到水牛攻击时，你必须牢牢地抓住缰绳不能落马。"

女英雄一句不差地照它的话去做了。水牛攻击她，但她把水牛擒住抛到了岸上。

于是水牛向她下了一个诅咒——要知道水牛的诅咒常常是很灵验的，它吼叫道："把我们抛出海外的人，他如果是一个男人，必会变成一个女人，她如果是一个女人，便会变成一个男人。"

果然，我们的女英雄在那个时候，便已经变成了一个男人。当他把母牛赶回来后，便挤出了它们的乳汁，又把乳汁加热了。热的牛乳被倒在了一个池里。女郎从这边跳入池中，可汗的儿子从那边跳入。王子被热的牛乳烧死了，人们取出了他的尸骨。但女郎却成功地洄了过去。所有的百姓们都叫道："可汗的儿子死了，我们的英雄便可以和女郎在一起了，现在他们可以结婚了。"于是他与女郎结婚了，从此过着幸福快乐的生活。

前妻的女儿

　　很久以前，这儿住着一个老人，由于妻子早死，他便又娶了一个女人为妻。他的两位妻子分别给他生了一个女儿。但他的现任妻子非常讨厌他前妻的女儿，简直视她为眼中钉肉中刺，非拔去不可。

　　为此，她跟她丈夫发生了无数次的争吵，直到老人把他前妻的女儿赶到了一间位于森林中心的空房子里，让她自生自灭，成为野兽的食物后，争吵才停息。到了那间空房子后，老人的女儿便独自一人在那坐着。直到夜幕降临，她才站起来，往锅里放了些米，打算做些粥吃。

　　这时，从洞中钻出一只老鼠来，想从女郎那乞求一些米来吃。善良的女郎把米分了些给它，老鼠立刻开心地吃了起来。当它吃饱了时，它向女郎提醒道：“今天晚上，会有一只熊要到这里来。它会给你一个小铃铛，并且对你说：‘带上这个铃铛，绕着这间房子跑三圈：如果你没有被我捉住，你就可以得到一辆由三匹马驾着的银车。但如果你被我捉住了，你就得作为食物被我吃掉。’这时你必须答应它，拿到小铃铛后，我会从洞里钻出来，你就把它给我，我会替你跑三圈，在我绕着房子跑三圈时，你须爬到屋顶上去，安静地等着事态的发展。”果然，到了午夜时分，熊带着小铃来了。它说道：“嗨，女郎，拿着这个铃铛，边摇，边绕着屋子跑三圈。如果你没有被我捉住，那么你将得到一辆由三匹马驾着的银车。但如果你被我捉住了，我就会吃了你。”女郎道：“好的。”取了铃，便跑去给了老鼠。老鼠带着铃绕屋跑了三圈后，便把铃铛还给了女郎，它自己则钻回洞里去了。熊说道：“你赢了。”于是把一辆由三匹马驾着的银车给了她。

过了没多久，老人的现任妻子对他说道："去，把你女儿的尸骨从森林里带回来。"于是老人便出发去了森林。还没等老人回来，他家的老狗却说起话来，它说道："我的老主人带着他的女儿回来了。他们坐在一辆由三匹马驾着的银车上。我听见车铃的声音了。"那继母恼怒地斥责道："什么铃声？那声音不过是他女儿的骨头相碰发出的罢了！你真是一只讨人厌的坏狗！"于是她把狗打了一顿，并把它赶出了门外。但不到一刻功夫，它又回来报告说，它的老主人已经回来了，他真的和他的女儿坐在一辆银车里。女郎的继母竟愤恨地挖出了自己的一只眼睛。但没过多久，她便命她丈夫把她自己的女儿也带到森林中的空房子里去，希望她也可以得到一辆银车。于是老人把他的二女儿带到了森林里，独自留她一人在空房子里。老鼠又出来讨吃的了。但这个女郎却是一个心狠手辣的人，她打了老鼠的头一下，并把它赶走。午夜时分，熊带了铃来，但这一次因为没有老鼠的帮忙，女郎轻易地被熊捉住了，成了它的食物。

第二天，恶妇人又对她的丈夫说："去把我女儿和她的银车带回来。"老人找了又找，但只找到他女儿的尸骨。于是他用袋子把尸骨装了起来，回家去了。当他还在半路上时，狗已知道了一切，又跑到妇人面前道："你女儿的尸骨回来了！"妇人叫道："什么？尸骨？那是银车！"她又重重地打了狗一顿，把它赶出了屋子。但狗说的是对的。老人回来了，带回了他二女儿的尸骨。妇人怨恨得把自己的另一只眼睛也挖了出来。从此，她过着贫苦的生活。但老人和他女儿却一直快乐地生活着。

魔马、魔羊与魔棒

很久以前，有一对夫妻，生活很穷苦。当他们老得都已经走不动时，他们唯一拥有的，不过一只母鸡而已。

有一天，他们决定要杀了这鸡，但当那鸡被他们捉住后，它生了一个金蛋。他们互相说道："如果，我们能每天得到一个金蛋，为什么还要杀它呢？"于是就把鸡放了。

但第二天，母鸡不见了，怎么找都找不到它。于是老人拄着拐杖打算出去寻找它。他对他的妻子说："我一定把鸡找回来，不然我就不回来。"老人走了好久，最后到了一个很老的老妇人家里。他把他的事告诉了老妇人，并且问她母鸡有没有在这里出现过。老妇人回答说："不，我没有见过它，但我可以把那匹马送给你，如果你对着它发出马的嘶叫声，它会给你你想要的食物。"说完，便给了他一匹非常瘦弱的老马。老人便艰难地爬上马背，骑着它回家了。当他路经某个地方时，那里的百姓们都因为他骑了那么一匹可怜的马，便嘲笑起他来。他说道："随便你们怎么笑我，只要不学马的嘶叫声就行。因为如果你们嘶叫起来，便可以得到你们想要的食物了。"大家都不相信他的话，青年人笑得更厉害，并且故意学起马嘶声来取笑老人。但立刻他们的面前出现了一筐筐蔬菜，多得每人都可以分到一份。出于对老人的敬重，百姓们都热情地邀请老人进屋休息。当老人进屋休息时，他们用一匹同样瘦弱的老马换掉了老人那可以变出食物来的宝马。现在老人休息好了，便匆匆忙忙地赶回家去了，丝毫没有察觉到他骑的马已被换了一匹。当他回到家时，便想在他妻子面前展现这匹宝马的神奇之处，但无论他如何的嘶鸣，马都没有给他任何食物。于是老人回到老妇人那，把马还给了她，并责备她欺骗他。老妇人道："不，我并没有想要欺骗你，为表诚意，我可以再送你一只羊。当学羊叫出咩咩的声音时，它的嘴和鼻子里会掉下一片片的金片来。"于是老人把羊带走回家了，不久到了他上次休息的地方，那里的人用同样的办法换掉了老人的羊。

当老人回到家里，向他的妻子展现羊的神力时，无论他如何咩咩地叫着，一片金片都没有从羊的嘴和鼻子里掉出来。老人说道："这个老妇人真是坏透了！竟敢又一次欺骗我！"于是他又回到她那里，指责老妇人的不是。她为了避免老人再来找她的麻烦，就给了他一根棒子，说道："我这还有一根棒子，你拿去吧！当你被人欺负时，只要说：'东，东。'这根棒子便会自动去打那个欺负你的人，直到你叫它停下或者等他们完成了你叫他们做的事时才会停止。"老人取了魔棒，又到了他曾经休息过的地方。当大家又都围绕着他时，他警告他们道："你们要小心，不要对着我的棒子说'东，东'，不然，它会打你们的！"但他们还是不相信他的话，并且还特意大声地说道："东，东！"以此来取笑他。但突然地棒子飞到他们头上，狠狠地把他们痛打了一顿，他们哭喊着、恳求着，希望老人能手下留情，他们情愿把前两次偷来的马和羊还给他，于是老人拿回了被偷的马和羊，那魔棒才不再打他们。然后他骑上了马、左手牵羊、右手拿棒，高高兴兴地回家去了，从此和妻子过着幸福的生活。

雌雄夜莺

很久以前，有一个国王，他有三个儿子。在国王已经很老时，他把三个儿子都叫了来，因为他想知道谁最适合继承王位。

于是他向大儿子问道："我的儿，你能够为我建造一所礼拜堂，一所没有人能够找出它任何一点儿缺点的礼拜堂吗？"大儿子想了一会儿，说道："不，父亲，我无法办到。"

于是国王又去问二儿子同样的问题，他的回答也和大儿子一样。他们都出去以后，国王又叫了三儿子来问道："我的儿，你能够为我建造一所礼拜堂，让世界上所有人都不能够找出它的缺点来吗？"小儿子想了一会儿，答道："是的，父亲，我能够办到。"于是他把国内所有最好的建筑师都召集了起来，开始建造这所礼拜堂。当国王见礼拜堂已经完工时，他便召集了他的百姓、他的军队到这礼拜堂来，仔细地观察它，如果发现有什么问题，可以告诉他。但所有人都没能找到任何缺点。

国王正打算亲自走进礼拜堂，向上帝祈祷时，有一个老人忽然走了过来，看着礼拜堂，说道："呵，你建造的这所礼拜堂真是宏伟呀，可惜地基有点弯。"国王听见了他的话，便把他叫住了，命他再说一遍刚才的话。老人道："我没有别的意思，仅说，礼拜堂是宏伟的，但地基有点弯。"王子也听见了这话，便立刻叫来泥水匠，把这礼拜堂拆了。然后他开始重新建造一所更好看的，当完工时，又把他的父亲请了过来。于是国王便和他的百姓及军队一同来考察这所礼拜堂。仍旧是没有人能够找出任何缺点。

国王正打算亲自走进去时，忽然又有一个老人走了过来，说道："礼拜堂是宏伟的，可惜钟楼有点歪！"国王听了这话，便叫住了这个老人，要他把话重说一遍，老人便又说了一遍他刚才说过的话，然后，走开了。王子再次招集了他的工匠，又去建造一所更加宏伟壮丽的礼拜堂。当这所礼拜堂完工时，国王再次招集了他的百姓和军队，叫他们来仔细考察这所礼拜堂。仍旧没有人能够找出任何一点儿缺点。国王正打算亲自走进去时，忽然上次的那个老人又走了过来，说道："礼拜堂真的很壮美，可惜缺了一对雌雄夜莺。"

国王听了这话，又叫住了他，问道："老人家，你刚才说什么？请再说一遍。"老人便又跟国王说了一遍，然后又走开了。于是国王转身回了宫，并没有进这所礼拜堂。对此王子觉得十分苦恼，便决定出国去游历一下。他的父亲给他一匹三只脚的马代步。王子穿上盔甲，骑上马，出发旅行去了。

但他走得很慢很慢：那马是一拐一瘸地走的，因为它只有三只脚呀。王子急得哭了起来。后来他来到了一片草地，那里有一个很老很老的人正在汲水浇灌印度稻，但他用了双倍的力气还是没用。他汲取不到一点水。老人看见骑在马上的王子哭得很伤心，便问道："你为什么哭，我的孩子？"王子把以前的事都告诉了他，并问他该怎么办好。老人道："你不要这么伤心，你也不要以为你那三只脚的马没有用。你只要跟它说，你现在非常的需要用它，那么它就知道该怎么办了。它会把你带到海的那一边。然后带你到一个有一对雌雄夜莺的女郎那里。如果你不能把女郎也带走，那么你也将不能带走那一对夜莺。放心地把所有的事都交给你的马去做吧。你自己也要小心，不要被女郎看见了，她如果看见了你，会把你变成尘与风的。但当她躺下睡觉时，她会把头发散开，这头发会一直从天空垂到地上。这时你才可以走进去，把她的头发缠绕在你的手臂上，然后无论她如何高声地叫'我痛死了！'你都不要放手，还要更用力地握紧。她会对各种各样的东西立誓，天呀，地呀，整个世界呀，但你都不要相信她。只有当她指着那对夜莺立誓，并答应跟着你做你的妻子时，你才可以把她放了。但你还须注意，有一个秃头的弹琴者，已经坐在云端盯着她四年了：他一直想要把她带走，但都不能如愿。所以当她指着那对夜莺立誓后，你必须立刻把她抱住不要松手。"王子向老人告别后，便对马儿低语道："我现在非常的需要你！"说完，这马便立刻如风似的飞跑了起来，并跑过了海，登上了岸。王子不久便到了金发女郎的领地。他躲在一个地方等待着她。当她松开头发时，王子便偷偷地走了进去，把她的头发缠绕在了手臂上。她痛得大叫道："我痛死了！"但他没有放手，还更用力地握紧。她问他道："你为什么这么做？"

王子道："我要你嫁给我。"女郎忙答道："好的，我愿意。"王子道："不，这还不够。你必须立下一个誓言。"于是她立刻立下了一个誓言。

他又说道："这还不行，你必须指着那对雌雄夜莺立誓。"但她不肯答应。于是他把她的头发在手臂上缠绕得更紧更紧。女郎痛得又叫道："我痛极了！"但他握得更紧。于是她指着全世界、指着天、指着地立誓，答应做他的妻子，但他并没有听她的，只是把她的头发绞得更紧。最后，她指着那对雌雄夜莺立誓了。于是他松开了她的头发，把她抱得紧紧的。女郎说道："我已经立誓嫁给你了，但我还必须再做一件事。

我有一匹三足马，我要将它和你的马放在一起。如要它们打起架来，我便不能做你的妻子。但如果这两匹马能和平共处，那么，我就是你的了。"王子答应了她的要求，那两匹马立刻被放在了一起，它们互相走近，然后站在了一起，以颈互相磨擦着。因为它们原本就是母子，既是母子，自然不会打架了。于是王子与女郎便打算动身回家了。他们还带上了雌雄夜莺。但当他们走在回家的路上时，秃头的弹琴者看见了他们，并追了上来，捉住了女郎，一起躲入土中不见了，然后又从土中飞到了天上。王子感到非常的悲伤。他对他的仆人们说道："去拿一条长绳子来。"绳子拿来后，王子把自己绑了起来，叫仆人们把他放在失去女郎的地方，他们遵命办了。他把绳子解了，走着，走着，一直走到一片草场上。三匹三足马正在那里吃草，一匹是黑色的，一匹是红色的，一匹是白色的。它们吃饱后，便互相嬉戏起来。但这些马并不是凡间的马：任何人只要骑上了黑色马，它便会让骑者碰死在岩石，因为这匹黑色的马是死神的使者；任何人骑上了红色的马，他都将被带到地下；任何人骑上了白色的马，便会被带到天上，因为白色的马是光明的使者。王子想去捉黑色的马，但它逃走了，去捉白色的马，它也逃走了。但最后他终于捉到了红色的马。他骑上马后，便开始向下跑啊，跑啊，跑啊。

他走了好久，后来到了一个国家。他又经过这个国家，到了一个城镇。在路上他觉得很渴，一进城，便向一个老妇人要水喝。老妇人道："少年，我很愿意给你水喝，但我们实在没有。一条龙盘在了井边：它每天都要吃一个女郎，而且它只肯把水一滴一滴地给我们。今天轮到了国王的女儿去被它吃了。"王子道："老婆婆，给我一个水筒。我去把水取来给你。"老妇人道："不用了，好少年，不要去，龙会把你吃了的！"但少年没听她的劝告，他从泥土中拔起一个水瓶，然后走向了井边。在去的路上，他遇见了一个女郎，她站在那里，全身穿着华丽的衣裙，她的手交叉在胸前祈祷着，哭得很悲伤。王子道："姊姊，不要哭，你不会被龙吃了的。"女郎求道："离开这里，快点离开这里，不然等龙来了会把我们俩个都吃了的。"王子道："不，我不会离开你的。但我现在要休息一下，因为我实在太累了。如果那龙来了，请你把我叫醒。"说完便躺下睡着了，不一会儿，龙飞来了。女郎被吓得惊叫起来，她想把少年叫醒，但他睡得很熟，无法把他叫醒。但从她的眼中流下了三滴眼泪，滴在了他的脸颊上，它们立刻使王子惊醒了过来。他立马跳了起来，弯起弓，向龙射了一箭。龙暴怒地向他冲了过来，他又拔出刀来，把这龙屠杀了。龙的尸身庞大如山，它的血如瀑布似的喷流了出来。这个消息立刻传遍了全城："龙死了！龙死了！"人和动物都挤到了水边。快要被渴死的百姓们都喝了很多水，为此有的死在了井边，有的死在了半路上，有的死在了自己家里。公主这时也回到了家。她的父亲真是开心极了！后来他想要知道救他女儿的是谁，让她在人群中找到她的恩人，但找来找去，都没有找到。她道："父亲，他不在这里。"于是国王叫了使者到各处去寻找，最后他们找到了他，并把他带了来。但在半路上，我们的王子捉住了一只兔子，并把它放在了他的衣袋里。当到了王宫里，公主要过去坐在他身旁，但他从衣袋里露出了兔子的双耳。她感到害怕便停了下来。于是她父亲问道："你还没有找到你的恩人吗?"她说:"已经找到了，但他胸前衣袋里的东西使我害怕。"国王道:"不要害怕，你闭上双眼坐在他身边就好了。"她依言闭上了眼坐在了少年旁边。

国王接待他时异常地恭敬亲切。但我们的王子拒绝了与公主的婚事。于是国王问他想要什么。他答道:"没有别的，我只想回家，请你设法把我送回去吧!"国王道:"虽然我没有方法，但我会尽力帮助你的。我知道一个地方，一只苍鹰在那里做窝。但鸷鹰却常常去打扰它:它会吃掉它的小鹰。"于是王子便取了他的弓和箭到了那苍鹰那里，忽然鸷鹰飞了下来，想要吃掉小鹰，但王子射了一箭，把它射死了。小鹰们把他迎入了窝里，欢迎他的到来，并让他睡在它们当中。当母鹰回来时，看见一个人躺在它的窝里，便张开了它的嘴想要杀死他，因为它以为王子就是那个常常伤害它孩子的人。但小鹰把所有的事都告诉了它，于是它飞到正在熟睡的少年的上空，一会儿用左翼遮蔽他，一会儿用右翼遮蔽他。当王子醒来时，它问他想要什么作为报答他的救子之恩。王子道:"请把我带回家去。我不要别的什么。"母鹰道:"好的! 你把国王的四只水牛杀了，然后放在我背上，你也骑上去，我便带你回家。"王子照它的话做了，杀了四只牛，并把它们切成了碎片，放在了鹰背上，然后他自己也爬了上去，于是母鹰飞了起来。鹰一回头，王子便喂它一块牛肉。

但到了后来，当鹰最后一次回过头来时，牛肉已经没有了，母鹰见食物没了，便想要落在地上。见此王子便从他自己身体上割下了一块肉给鹰吃。当他们落地时，王子感到非常衰弱。母鹰问道:"你最后一次给我吃的是什么肉?"王子回答道:"是我自己身上的一块肉。看就是从这个地方割下来的。"于是母鹰拔下了一根羽毛，在王子的伤处磨擦了一下，不久伤痕便恢复如初。然后王子又出发去寻找女郎及雌雄夜莺的下落了。不知找了多久，但他最终找到了秃头的弹琴者关压女郎的地方了。他问女郎道:"秃头的弹琴者去了哪里?"她哭着答道:"他已经睡了三年了。自从他把我从你那里抢来后，他便一直熟睡着。还有三天，他便会醒来。"于是王子问道："我怎样才能杀死他呢?"女郎答道："在那九重锁锁着的门内，放着一个笼子，笼内关着三只鸟，那三只鸟分别是他的灵魂，他的精神和他的力量。要想杀死他，必须先杀死那三只鸟。"

　　听完，王子便把那九重锁打开来，进了放鸟的地方。他把三只鸟的头都斩了下来，并把它们都抛了出去。同时那个秃头的弹琴者也死了。于是王子带着女郎及雌雄夜莺回到了他父亲那里。为此他的父亲十二分的高兴，祝贺他的儿子，并把王冠戴在了他的头上，并让他娶那女郎做妻子，还举行了一场盛大的宴会。在场的所有人都很高兴，而我们也跟着高兴了起来。

地下城堡

从前在车洛河附近的一座高山上，有一个大城堡，它居高临下，俯视着周围地带。它象征着城堡主人那至高无上的权力和无与伦比的威严。城堡的主人就是强大的首领泽塔。

现在这座城堡只留下一片废墟，坚固的城墙变成了断壁颓垣，据说真正的城堡依然存在，它深深地埋在地下，而这些废墟，不过是大地把城堡连同它的居民和财宝吞下去时，残留在地面的东一处西一处的望楼顶而已。

山坡上有一扇很大的门，这就是通向泽塔的地下城堡的入口。这扇门平时是看不到的，但是每当日食发生的时候，它就会在雷电之中突然打开。

碰到这种机会，冒险家便壮着胆子走进去，在里面随心所欲地大吃大喝。

地下城堡里全是一堆堆的金子、银子、珍珠、翡翠和红宝石，它们在日光射不进的地下闪烁着五颜六色的光芒。

好一个神奇的大门！不过，要是哪个冒险家在日食即将过去之前不走出门口，那就糟啦！他就会再也看不见阳光，跟他以前那些贪财的人一样，被永远埋葬在地下。有许多人进入过这扇神秘的门，但是到现在为止，只有一个名叫波塔齐的人逃了出来。不过他迟了一秒钟，一只脚被门夹在里面，可是他把到手的珍宝带出来了。事情是这样的：这一天是供奉战神哈图尔的日子，正巧发生日食。勇敢的牧羊人波塔齐背着三个背包跑到那扇神秘的门即将出现的地方等着，突然间，天地变得一片昏黑，鸟儿惊惶得尖叫着四处乱飞。不一会儿，天又亮了起来，一颗颗星斗门着耀眼的光，三道长虹同时出现在万里无云的蓝天，像蛇一样向四面八方盘旋而去。世间的一切生物在这一片恐怖的沉寂中似乎都僵死了，无声无息了，只有波塔齐仍旧站在门前，耐心地等待着，并且冷静地观察着周围这些突如其来的变化。他决心拿生命作赌注：或者发财，或者死去。他笔直地站立着，没有人知道他，更没有人注意他。

　　突然，一阵电闪雷鸣震得他脚下的大地抖动起来，接着，瓢泼大雨从半空中倾注下来，雷雨声中似乎还夹杂着含混不清的乐声。哦，大自然发疯一般地跳起舞来了，它抬起了那休息了千百年的脚，踩在它所创造的生物上，不论活的是死的。阳光渐渐地暗淡下去，因为连太阳都制止不了大自然这种粗野的举动。

　　突然间，"当啷"一声巨响，沉重的青铜大门出现在牧羊人的眼前。牧羊人毫无惧色，勇敢地迈开大步，走进城堡。

　　到了城堡的院子里，他发现一群异教徒正在这里举行一种古老的祭祀。

　　祭塔上燃着一大堆火，火堆上烧着向战神哈图尔敬供的一匹白马，异教的牧师们正在极虔诚地做祷告。

　　波塔齐彬彬有礼地向老年人致敬，他们也友好地向他答礼。

　　一位须发雪白的高个子老人，穿着很华丽的刺绣衣服，手里拿着一把出鞘的军刀，走上前来殷勤地欢迎这个陌生人，这位老人就是泽塔本人。他把牧羊人领到城堡里的一座灯火辉煌的大厅。波塔齐立刻感到眼花缭乱，目不暇接。他从来不曾见过什么大的世面啊！他走过了几间这样华丽的大厅以后，才渐渐地镇静下来。最后泽塔把他领到一个小房间，在这里，泽塔的两个女儿正在一幅很大的布上绣花。牧羊人勇敢地向她们行礼，姑娘们嫣然一笑，站了起来。

　　"这是个勇敢的小伙子。"泽塔向她们介绍说，"他冒险到这里来，是为了能在一夜之间变成富翁。你们好好款待他，我们的珍宝他能带多少就叫他带多少好了。"

　　波塔齐几乎忘记自己是冒险进来的，两眼痴痴地望着两位美丽的姑娘，她俩一个一个地吻了他的面颊，然后把他领到一个大房间。波塔齐进门一看，惊异得差点叫出声来，看吧，这里到处堆着金灿灿的金子，白花花的银子，还有闪着五颜六色光芒的宝石、珍珠和翡翠以及用纯金做成的大钩子、马笼头、马刺、链子等等。璀璨的光芒使得穷苦的牧羊人几乎睁不开眼睛。

　　"这些珍宝你能拿多少就拿多少。"泽塔的小女儿说，"但不要太贪心，因为如果你等到鸡啼三遍还在这里的话，那么你就永远不能回到自己的家里去，只能跟我们住到死了。"

　　"你们认为，"勇敢的牧羊人问，"跟你们住在一起我会不快活吗？"

　　"唉，我们的确这样想。"姐姐回答，"世界上的人跟我们住在一起是不幸的。喂，当心你的珍宝，赶快离开吧。有了这些钱，你就能在人世间过得愉快而幸福了。好吧，现在跟我们赴宴去，你来得及装满你的三个背包。不过别忘记我们对你说的话，听到雄鸡的啼声，你就应该回去了。"

　　两位姑娘亲切地拉着他的手，跳着舞，唱着歌，领他走出了放珍宝的房间，一直来到宴会大厅上。泽塔的部下全来了，他们都是来参加祭把战神哈图尔的宴会的。

　　他们三人进去后，酒宴就开始了。泽塔坐在首席，他亲切地微笑着，对牧羊人作了一个手势，意思是请牧羊人跟他的部下一起坐。两位姑娘随着远处低低的歌声，配着竖琴和号角的音乐翩翩起舞。忽然，在这片音乐声中冒出了一声尖叫："喔——喔——喔——"，这是第一声鸡啼。

　　跳舞立刻停止，牧羊人看见他的眼前仿佛降下大雾，而且越来越浓，刚刚还是离他很近的五光十色的一切，顷刻之间变得遥远而模糊了，不过他还是听得见说话声。

　　"快，快跑到宝室去！"两位姑娘连推带搡地把他拖进了那个大房间。

　　牧羊人手忙脚乱地把珍宝往背包里面装，两位姑娘也动手帮忙，三个背包很快就装得满满的了。这时，大雾迷漫，他只能看到两位姑娘朦胧的影子了。

"快走，快走!"她们焦急地叫着，把他朝地下城堡的那扇铜门推去。

"喔——喔——喔——"雄鸡第二次啼叫了。

牧羊人背起珍宝就走，后面四只手用力地推着他。他心急如焚，但是脚下不听使唤，三个沉重的背包压得他几乎喘不过气来，这条路似乎比来的时候长了许多。他只好不顾一切地用尽全力向前迈着步子。他走啊，走啊，终于从浓雾中看见了铜门，他抬起一脚迈过门槛，不料，一条金腰带掉了出来，正在他弯腰去拾的当口，传来了第三次鸡啼："喔——喔——喔——"

他纵身往大门外面一跳，大门就"当啷"一声关上了。波塔齐感到一阵钻心般的疼痛，昏了过去。

第二天早晨，他的弟兄们找到了他。他躺在血泊里，一只脚不见了。后来，他带出来的珍宝使他富富裕裕地度过了自己的后半生，但是他并不感到幸福，他情愿把珍宝全部退回去，把他那只脚赎回来。

尽管如此，勇敢的牧羊人波塔齐毕竟是唯一能从泽塔的城堡里逃出来的人。

斯特拉策那拱门 [匈牙利] 在匈牙利北部有许多终年积雪的高山，山中有一个隘口，名叫斯特拉策那，通到阴森森的山谷。这地方的山像是朝两边进裂开的，还有很多山洞；奇形怪状的黑石块向四面八方飞散开来。一个城堡的废墟在悬崖上，俯视着加拉姆河。河水湍急奔涌。好像要尽快离开这可怕的地方。

在隘口上还屹立着一座用粗糙的石头砌成的拱门——斯特拉策那拱门。

它建造得非常坚固，像位巨人一般，威风凛凛，神圣不可侵犯。关于这个拱门，附近的居民中传说着这样一个故事：从前有一个侏儒国的国王，和他矮小的臣民住在斯特拉策那山的地下。

他们和住在地面上的人们相处得很友好，他们把山谷变得非常富饶：树上一年到头都结着美味的水果，大地上到处都开放着艳丽的花朵，田里一年能获得四次丰收，井里不是水，而是牛奶和酒；山上满是黄金和各种宝石。地面上的人们幸福地居住在这个山谷，他们非常感谢这些掌握魔法的小人，对侏儒也非常关心，有时还帮侏儒做些事情。

后来，侏儒王要和一位美丽的仙女公主结婚了。他动身去接新娘，他的臣民都从地下的宫殿跑到地面上来了。就在这一天，他们在进入他们国土的地方造了一座斯特拉策那拱门。这是一个非常大的建筑物，任何人都会以为这是巨人造的，而不相信是侏儒造的。当然在它刚造好的时候并不像现在这么又黑又丑。那时，它的四周装饰着花环和美丽的绿树枝，还镶嵌着金子、银子和各种宝石。

全体侏儒勤劳地工作着，国王和他的新娘半夜就要到了，他们要赶快把拱门筑好来欢迎自己的国王和王后。他们怀着深深的敬意和巨大的热情等待着国王和王后的到来，有几个侏儒爬到拱门顶上去，另外几个爬上最高的树枝，还有几个飞到猫头鹰的背上，他们在观看结婚的行列是否来到。午夜，远远的小山背后响起了银喇叭的声音，啊，国王和新王后终于来了。

在优美的乐曲旋律中，国王和王后的马车穿过天空走来了。他们王冠上的宝石像星星一样闪闪发光，美丽的仙女新娘长长的面纱好像月亮下一片柔软的白云。后面跟着许多随从，侏儒们骑在正在唱歌的天鹅身上；仙人们有的骑着羽毛闪光的孔雀，有的像国王一样地坐在马车上。

夜十分寂静，只有国王马车里的音乐声和这一队人马前进的脚步声。他们越飞越近，在侏儒的欢呼声中，他们飞到这座神奇的拱门顶上。这时，山腰裂开，五颜六色的光芒射出来，地下的仙人之国出现了。它有小小的宫殿和美丽的花园，花园里面种满了会微笑的金花和银花，鸟儿像人一样地嬉闹着，神奇的小动物们在跳舞唱歌，还有各种颜色的喷水池发出银铃般的声响。

他们进了拱门，山就合拢了。于是什么也听不到，除了西风的温柔的叹息外，只有那座神秘的拱门上装饰着的金银宝石在月光下默默地眨着眼睛。

国王和仙女公主的婚礼举行了七七四十九天，那些在地面上的人也同样十分快乐。

后来，年轻的王后生了一个美丽的金发公主。他们为她找了一个名叫波斯凯的诚实忠厚的农家姑娘来照顾小公主。波斯凯常把公主放在一只金篮子里，带着她走来走去。

公主睡在柔软的绸垫子上面，穿着美丽的镶花边的衣服，头上戴着一顶小小的绿宝石的王冠，波斯凯常常带着她一家家地作客，仙女的孩子不论走到哪儿，都能给人们带来好运气。

按理说地面上的人和仙人们会永远这样愉快幸福地生活下去，但是有谁想象得到，一个长着角的女巫——侏儒最大的敌人——却给人们带来了极大的烦恼和灾难！

有一天夜里，正碰上月食，女巫带着她的仆人骑着无头黑马到了荷拉克山。她们骑马绕山转了七次，然后用黑石头在山顶筑起一个堡垒住了下来。

独角女巫在附近一带定居引起了侏儒们的恐慌，他们警告自己的朋友——地面上的人对女巫和她的仆人要多加提防，并且禁止他们从女巫那里接受任何赠品，说那些东西全是施了魔法的。侏儒们为自己的安全，又沿着斯特拉策那山脚种了一圈有魔法的花，这些花能保护这个地方不受任何恶毒的魔法的危害，而且能阻止任何妖怪从它上面通过。

女巫看见那些小仙人的聪明胜过了她，就叫她的那群仆人手里拿着很大的火扫帚，在附近一带跑来跑去。他们把所有的树和花一扫而光，使所有的井和溪流变得干涸；他们又杀死了所有的鸟儿和小动物。现在所剩下的，只有一片黑色的废墟、乱石堆以及在荷拉克山顶上女巫的那座施过魔法的堡垒。只有斯特拉策那村保留下来了，它好像是黑色沙漠中的一片绿洲。不过四周的荒凉景色更增添了它的美丽。

人们惊恐万分地望着这场大火灾，直到发现它不能穿过那一圈施过魔法的花蔓延过来才舒了一口气。

当女巫发觉不能用暴力来达到目的时，就另外想出计策来。她用一件红斗篷伪装好自己，把她的鬃毛和角藏在金色的头巾里，叫她十二个仆人：铁鼻、独眼、双头、三腿、裂唇、长牙、绿皮、狗耳、驴尾、鹰爪、蝙蝠翅和大胡子也都化了装，最后又把他们的无头马涂成蓝灰色，把他们的城堡涂上粉红色。

这样一化装，他们不再显得可怕，反而使人觉得很可笑。斯特拉策那的人民很有兴趣地看着他们沿着施过魔法的圈子走着，怎么也进不了圈子。女巫灵机一动，装出一副伪善面孔，答应给人们各种奇妙的东西，企图哄骗人们把花拔掉，但是人们只是嘲笑他们，回答说他们已经很快乐也很满足，不需要别人的任何东西。

第一个嘲笑女巫的人就是波斯凯的爱人吉鸟里。他是一个聪明可爱的小伙子，他总是挖空心思想出各种计策来使女巫们不得安宁，有时候他用巧计作弄得女巫们几乎要发疯了。

每当女巫们看见波斯凯抱着仙后的孩子出来就恨得牙根发痒。她们尖声怪气地大喊大叫，来回奔跑着，伸出长长的爪子，好像要把这孩子从波斯凯怀里抓出来撕碎似的。波斯凯也不示弱，她站在施了魔法的圈子里，嘲笑她们是枉费心机。

后来女巫另外想了一条诡计。她变得对吉鸟里十分友好，尽量使他欢喜，百般地巴结他。这个吉鸟里呀，如果不是侏儒们警告过他，他就会跑出魔法的圈子，到荒凉的外面去了。

有一天，当吉鸟里孤单单一人呆着的时候，女巫走到他面前，对他说："你们多么愚蠢啊！我到你们这里来是为了作你们的朋友和保护人的！告诉你们吧，那些可笑的小家伙，那些侏儒，对你们真正的幸福是有妨碍的。你们祖祖辈辈住在自己的村庄里，一点也不知道外面世界上那些快乐的事。对啦，吉鸟里，有一个美丽的仙女王爱上了你，如果你不和她结婚，作仙人国的国王，她会心碎的。"

吉鸟里笑笑拒绝女巫："请你告诉那个美丽的仙女王，我很抱歉，不能同她结婚，我已经同波斯凯订婚了。我认为她已经很好，很美丽了。"

"哦，"女巫说，"你知道你拒绝的是什么吗？喏，看吧，我带来了她的一张肖像。"于是她扔给他一张施过七次魔法的画片。

吉乌里不屑地把它拾起来，轻蔑地朝肖像瞥了一眼。不料，他的脸色突然变得煞白，两眼直勾勾地盯在画像上，心"怦怦"跳得几乎不能呼吸——他着迷了。

女巫看到了魔画的作用，幸灾乐祸地冷笑着说："好吧，吉乌里，把画像给我，我告诉仙女王说你不愿意跟她结婚。我还要告诉她，那个愚蠢的波斯凯，那个侏儒公主的保姆，对你已经够好了，你认为世界上没有能胜过她的女人了。"

但是，吉乌里已经爱上了画中的脸庞了，虽然那不过是一个熊眼狮鼻的丑八怪。

"等一等，等一等，亲爱的女巫！"愚蠢的少年急忙拦住女巫，"我起誓，我爱这个仙女王胜过爱我的妻子，我恳求你告诉我在。哪里能见到她。"

人们看见吉乌里在跟女巫谈话，认为他又在捉弄她了，一齐围过来看热闹。他们听见他在胡说八道，以为这不过是在哄骗她，都开心得哈哈大笑起来。可是，当他们看见吉乌里跑出魔法圈子，落入残忍的妖怪的势力之中时，他们才明白过来，立刻感到十分惊讶和恐慌。

差不多像蜘蛛捕捉疏忽大意的苍蝇，把它系在网里一样，女巫把吉乌里骗人了她布置的圈套里。她和她的一群喽罗得意忘形，哇哇乱叫着把可怜的少年捉住了。最后少年无论如何挣扎，还是被她们拖过去，绑在一块又高又尖的岩石上。

吉乌里这才知道是上了女巫的当，后悔莫及，用尽全身力气大声喊道："救命呀——救命呀——"

波斯凯是真正爱他的，她听到呼声，痛苦极了。她恳求女巫把吉乌里放掉，说她愿意拿任何东西来报答女巫。

狡猾的女巫早就盘算好了，立即回答说只要做到一件事就可以放掉吉乌里，而且仅仅只有一个条件，就是把仙女王后的婴儿交出来。

小侏儒听说后，一齐赶到出事地点，但是他们来不及救他们爱戴的公主了，可怜的保姆已经把篮子里的金发小姑娘抛到魔法圈子外面去了。

　　刹那间，侏儒们吓得不知所措，呆呆地站在那里。他们亲眼看见女巫的魔爪接住了金篮子，他们完全绝望了。美丽的山谷中所有的树木和鲜花都渐渐地枯萎，就连魔花也凋谢了，没有任何力量能阻止女巫进入这个受保护的区域。她们拿着火扫帚一阵乱扫，所有的生物都没逃脱掉这场灭顶之灾，到处变得死一般的荒寂。侏儒们也不见了，他们因为失去了他们所爱戴的公主非常悲伤，从这里迁走了。

　　女巫们在彻底破坏了这个地方以后，也走了。至今，在巨大的岩石上和山坡的缝隙中还能看出破坏的痕迹，城堡的废墟仍然在荷拉克山上，而侏儒们全部神奇的工作成绩只留下斯特拉策那山的那座拱门。

秃头的看鹅人

很久以前，有一个农夫，他已经很老了，却还没有一个孩子。他和他的妻子常常为没有孩子而叹息，经常在上帝座前祈祷，因为他们不觉得自己曾对神或者人做过什么错事。想到这里，他们心里便更加忧苦不安。

后来，他们决定要去寻找治疗无子的方法。农夫用铁皮将自己包裹了起来，并戴上了铁帽，穿上了铁靴，还拿了一根铁棒。他去了一个男巫那里，请求他的医治，但男巫也不知道医治无子的方法，不过他告诉农夫，在九座山之后，有一个黑巨人，他也是一个有巫术的人，他也许会告诉你治疗的办法。于是农夫便又向前出发了。不知走了多久，当他终于爬过了那九座山时，已经到了黑巨人住的地方。

当黑巨人看见在他的境内竟然出现一个人时，他用巨大的声音叫道："从来没有一只鸟敢在我的境内飞过，也从来没有一只蚂蚁敢在我的地上爬过。你是谁，竟然敢到这里来？"农夫答道："我是一个穷苦的农夫，来这并没有恶意。我不过是来问你一件事。有个男巫叫我到你这里来，所以我就来了。"巨人道："如果你说的都是真的，那么你一定有男巫给你的信物，我只有见了这个信物，才能知道你的话是不是真的。"农夫有一个信物，他拿出来给巨人看，这不过是一个戒指。

来时，男巫曾告诉过他，只要把这枚戒指拿给巨人看，他自然会欢迎你。果然如此：巨人立刻对待他如朋友一样友善，还给他吃的喝的，但也同样告诉他说，他这里没有他想要的药，但在另外九座山之后，住着一个红巨人，他也许知道如何医治无子病。他还说道："我会给你一个信物。"于是农夫又出发了。他走了好久好久，又爬过了九座山，来到了红巨人住的地方。而红巨人看起来比黑巨人要凶残，他一见农夫便大叫道："你是谁？从来没有鸟敢在我的空中飞过，也从来没有蚂蚁敢在我的地上爬过！而你竟敢到这里来！"农夫道："是黑巨人叫我来的。我并没有恶意。我只是一个很穷的农夫。我带有黑巨人给我的信物，你看了以后就知道我说的并不是假话。我没有孩子，你能告诉我怎样才能得到孩子吗？"当红巨人见了黑巨人给的信物时，便立刻待农夫如一个朋友般，但他也不知农夫所要的治无子病的方法，于是他又叫农夫到白巨人那里去。而白巨人则住在另外九座山之后。农夫也从红巨人那里得到了一个信物，然后，又出发了。

当他第三次爬过九座山时，他已经到了白巨人住的地方。他看起来比黑巨人和红巨人更加凶残，他让农夫感到害怕。但当他见了红巨人给的信物时，他立刻看待农夫如一个朋友。他说道："是的！我知道治疗的方法，我将把药给你。但你必须把你所得到的东西分我一半。"农夫想了一会儿，答应了。于是他高声说道："好的，我答应你的条件。"于是白巨人给了他两个苹果，然后说道："你和你的妻子分吃一个苹果；把剩下的另一个苹果分给你的马和你的狗吃。如此，你的妻子会生下两个孩子，你的马会生下两匹小驹，而你的狗会生下两只小狗。到了某天，我便会去你那里，带走你的一个孩子、一匹小驹以及一只小狗。"

农夫拿了苹果很高兴地回家了。当他到家时，他把一个苹果切成了两半，他妻子吃了一半，他自己也吃了一半。然后他又把另一个苹果切成了两半，把其中一半给了他的马，另一半给了他的狗。到了相同的时候，他的妻子生了两个金头发的男孩子。马儿生了两匹金毛坚蹄的小驹，但狗却生了两只小豹：不过它们也是一身的金毛，还有一口的尖牙。这两个孩子，一个叫作萨瓦沙，另一个叫作萨委西。别人的孩子都是一年一年地慢慢地长大的，但这两个孩子却是一天一天地长大的。

时间一天天的过去，所有的小孩、小驹、小豹都长得极快。渐渐的那白巨人约定取回他所应得的东西的时间快到了。农夫心里开始难过起来，于是哭得很悲惨，并且穿上了丧服。当萨瓦沙见他父亲如此时，他便来到他母亲那里对她说道："母亲，你把我抱在你胸前给我奶吃的事，离现在已经过去很久了。我现在还想要这样做一次。"于是他母亲道："来，我的孩子，我怎么忍心不答应你呢？"然而萨瓦沙却用他的牙咬住了他母亲的胸部，问道："现在跟我说真话，我们的父亲为何常常如此悲伤，而且还常常地哭？如果你不告诉我实情，我就咬你！"他母亲无奈地答道："我的孩子，那是因为他心里觉得悲伤。"但萨瓦沙还是不肯离开，于是他母亲只得把一切事都告诉了他。然而萨瓦沙却高声大笑起来，他走到他父亲面前，说道："父亲你不必坐在这里如此忧愁，我们都还活着，不必为我们哭。我们跑到那又跑到这，只有坐着的时候才会发愁。请你听我说，我们将用这个方法和白巨人相见：我们假装一切都和约定的一样。不要担心，我将跟他回去，然后会随机应变的。"父亲被他的话说服，然后高兴地笑了，于是他离开了他刚才悲愁时坐着的地方，脱下了丧服，又变得快乐起来。不久白巨人来了，他道："唔，我们现在开始分吧。"于是老农夫说道："好的！"白巨人便选了萨瓦沙、一匹马驹、一只小豹，然后回去了。他们走了许久，终于快要走到白巨人住着的那个国家了。他们走过乡村、城市，每到一处，人们都会静静地站着，向萨瓦沙望去。当他们快到白巨人住的地方时，白巨人指着他的家的方向向萨瓦沙说道："你先走一步，我还要到近处办几件事；不久我就会跟上你的。"于是萨瓦沙独自上路了。

途中，他遇见一个老妇人，她一直哭，一直哭，几乎要把她的双眼都哭瞎了。萨瓦沙问道："老婆婆，你怎么哭了？"老妇人道："我是为你和你的母亲担心啊！为什么你要在你母亲去逝之前先死呢？现在白巨人正在邀请他的同类和他们的牧师。他们要杀了你和你的小马、小豹。然后把你们全都吃了！趁他没有回来之前快些逃走吧，也许还能逃过一劫。"于是萨瓦沙立刻跳上了他那匹火蹄的小马，带着他的小豹，飞快地逃走了。没多久，他便已经飞越过了九座山，又跑过了九座山，当白巨人回家时，便问他的妻子："唔，你已经把那个少年准备成晚饭了么？"她答道："哪个少年？什么少年？并没有少年来过这里呀！"白巨人想了想便道："不好！

他大概是逃走了。我刚才看见九山之后有一个篮子大小的东西，一定就是他了！"说完，他便骑上了他的马，甩了一下鞭子，便飞跑出去了。此时，萨瓦沙正快速地跑着，过了一座山，又过了一座山，直到到了大海边。

他在岸边走来走去，不久便哭起来了，因为他觉得已经走投无路：前面有大海拦着，后面有巨人追着。但他的马突然说道："你怎么哭了，主人？你在为什么事发愁？你只要紧紧地抓住我的鞍，然后重重地打我一下，我们便可以逃脱了！"于是萨瓦沙放开了马缰，双手紧紧地握着马鞍，但正在这时，白巨人已经赶到了，他吼叫道："好啊！你原来在这里，你这只虫豸！现在，你已经无路可逃了！我一口就可以把你吃了！"但萨瓦沙重重地打了他的马一下，它立刻跳了起来，跳入了大海，然后向前游去，并游到了对岸。萨瓦沙感谢了上帝，因为现在他已经得救了。当他回头时，他看见白巨人正站在对岸，咬着他的牙齿在咒骂他。而萨瓦沙则放开了他的马，领它到一个草地上，让它休息了一会儿，然后又骑了上去，再次向前走去。

不知走了多久，但最终他到了一个王国。在路上他遇见一个牧猪人。于是他问这牧猪人国内有什么新闻没有？牧猪人告诉他说，国都就在附近，还说，国王即富有又强壮，还生有三个漂亮的女儿。如今萨瓦沙身上只带有两件金袍，所以他对牧猪人说："听我说，朋友，如果你愿意把你的衣服给我，并再给我一只猪的膀胱，那么我便把这件金袍送你。"牧猪人见有这样占便宜的好买卖，心里很高兴，便把自己的衣服脱了下来并送给了他，还把一只猪给杀了，给了萨瓦沙一些猪肉，还把膀胱取了出来，洗干净后，送给了萨瓦沙。萨瓦沙向牧猪人说了声再会，便穿上了牧猪人的破衣，把他的金发编好后，便用猪的膀胱遮盖了起来。他把剩下的那一件金袍，和他的盔甲，以及他的宝刀，都放在了他的马上，然后让它和豹自己走开。而这时他的马拔下了它尾巴上的一根毛，给了它的主人，说道："当你需要我们时，便可取出这根毛，并叫着我的名字，豹和我便会立刻赶来。"萨瓦沙收下了这根毛，向他的两个朋友说了声再会，便向都城走去了。当他到了城里，便向路人问道，有没有人要一个看鹅的人。人家告诉他说，国王可能会给他这件工作。

所有人都没有看出萨瓦沙是一个俊美的少年，大家都以为他不过是一个秃头的穷汉。国王果然让他做了看鹅人。于是萨瓦沙便天天把鹅赶到河中，然后取出他的笛，开始向他的鹅群吹奏着，而它们便在河里泅游着。

有一天，鹅群依旧在河中嬉戏，发出嘎嘎的叫声，有的伸头钻入水中。萨瓦沙想，我也该洗个澡了。于是他站了起来，向四面仔细地看看，见身旁没有一个人，便脱下了他的衣服，并取下了他头上的猪膀胱，然后跳入了水中。可现在恰好是一个机缘：国王最小的公主正坐在窗前望着窗外。她看见有什么东西在闪闪发光，便再次仔细地一看，发现那是萨瓦沙的金头发，漂浮在河面上，好像金色的波浪。她的心开始飞快得跳动起来，思绪像坠入一种忧愁的环境中一样。每个人都想知道她为什么这样，但她如哑了一般，一句话也不肯说。她已经深深地爱上了那个看鹅人，爱得至死不渝。后来，她无法再忍耐了，便对她的姐姐们道："听我说！我们已经好久没有送我们的父亲礼物了！现在该是时候了。"姐姐们也赞同道："好的，我们这就去准备礼物吧。"于是她们每个人都送了一件礼物给她们的父亲，大的两个公主分别送的是华美的衣服和刀剑，但最小的公主却送了三个小胡瓜，一个已经腐烂了，一个熟过头了，而另一个还很新鲜。国王感到十分的诧异，暗想："我已经做了很多年的国王了，但从来没有人送过我这样的礼物。她送这三个小胡瓜给我是什么意思呢？我最好还是去问问她。"于是他便叫了他最小的公主来，问她送这三个小胡瓜的涵意。她答道："可能我说这话很不适宜，但我还是要告诉你。这个已经腐烂的胡瓜是我的大姐姐——她的青春已经不在了。那个过熟的胡瓜是我的二姐姐，而这个新鲜的——就是我自己。我们要结婚，我们要丈夫。"国王笑了："唔，我的孩子们，如果你们要结婚，我怎么会不答应呢？我除了你们已经没有别的人了，我的国家和我的一切财宝对我又有什么意义呢？"于是他派遣了许多使者到国内的各个地方发布消息，使百姓们知道，他有三个女儿，现在要选三位驸马。不久求婚的人纷至沓来，整个都城都被挤满了。

国王把他的女儿们带了出来，按他们之前约定好的，哪个女儿最喜欢谁，便可以走下去坐在他的膝上。大公主第一个在求婚者的队伍中走来走去，最后她坐在了首相的膝上，二公主也选中了一位高官。现在轮到我们的三公主来选了。她走过来又走过去，看了又看，但没有找到她所要找的人。于是她对她父亲道："他不在这里！"国王便问道："唔，那么，谁还没来呢？""所有人都到这里来了，只有秃头的看鹅人没有来。"大家都认为他不必来，因为公主一定不会想要嫁给他的！但国王并不赞同他们的想法，而是叫人去找看鹅人来。在去的路上，萨瓦沙捉了一只兔子，并把它放在了他的胸袋里。等他到了时，小公主又在求婚者当中走了一圈，当她走到看鹅人面前，正打算坐下去时，萨瓦沙把兔子的双耳露了出来。小公主被吓到了，不敢坐在他的膝上。这时听到国王叫道："孩子不要怕，闭上你的双眼就行了。"于是她照父亲的话闭上了双眼坐在了萨瓦沙的膝上。

对此，国王很不高兴，但他又能怎么办呢？百姓们也都诧异得如同哑了一样。最终国王把大公主嫁给了首相，把二公主嫁给了高官，并且赠送了许多的各样的金银宝物，还给了他们宏伟的房子住。但小公主和她的看鹅人却只得到一间小屋子住。住在那里，他们感到很不舒服，而且别的驸马都讥笑他们。随着时间推移，小公主开始怀疑她的金发丈夫是不是真的是秃头人？自从有了这个怀疑后，她便常常哭。但秃头的看鹅人对此却毫不在意，也不管百姓们如何地评价他。时间就如此一天天地过去。国王开始想到："现在我已经把女儿们都嫁了，而且我也老了，并且没有儿子。我要考验我的女婿们，看哪一个可以继承我的王位。"于是他把首相和那位高官叫了来，说道："我不久就要死了，告诉我你们要怎么做才能治好我的病！"他们问道："那么，你得了什么病呢？我们该拿什么东西来救你呢？"国王道："你们必须到如此如此的一个地方去，捉住一只活的赤母鹿后，得到它的小鹿，再割下它的肝，然后把它带来给我，那么我的病就会好了。除此以外没有别的办法。"首相和高官便急急忙忙地准备好一切，骑上马，上路了。但看鹅人却只得到一匹跛脚的老马，骑上马后便一步一步慢慢地出发了。那两位驸马便开始讥笑他，说道："你骑了这样的一匹马，一定不可能得到国王所需的药的。"但秃头的看鹅人却平心静气地出了都城，然后他取出了那根马尾毛，立刻他的马儿便来了。

然后，他脱下了破衣，穿回了他的金袍。并骑上马，笔直地跑到国王所说的那个地方。他的马赶了一群鹿给他，于是萨瓦沙捉住了一只赤母鹿，并把它缚了起来，而他自己则坐在它旁边。过了不久，首相和高官来了，为他称贺，并恭敬地跟他说话。萨瓦沙道："为什么你们要跋山涉水到这里来？你们来这里有什么目的？"他们齐声答道："我们的国王病了，我们要从赤母鹿那里得到一只小鹿，然后割下它的肝献给国王。我们将给你你所要的报酬，如果你愿意把你的这只赤母鹿给我们的话。"萨瓦沙答道："我不要别的东西，只要你们小指的尖端。"他们能怎么办呢？他们只能割下他们小指的尖端，送给萨瓦沙，跟他致完谢后，说了声再会，便骑上马回去了。

他们一走，萨瓦沙便立刻骑上他的马也走了。当他快到都城时，他便下了马，脱下他的金袍，又穿上了那件破衣，并盖了猪膀胱在头顶，然后让他的马走了，再次骑上他的跛脚老马，当他回到都城时，他仍然以一个秃头的看鹅人的样子与他们相见。他们俩又开始嘲笑他。他们讥讽他道："当然，你得到了鹿肝，而我们却都是空手而归的！"一路上他们都笑着他，直到把鹿肝献给国王为止。国王吃了鹿肝，但病仍没有好。而秃头驸马的妻子却坐在那里哭。不久，国王又打发他的几个女婿出去寻找别的药。他道："如果你们想治我的病，就要去某个地方，在那里有一群豹。你们去把母豹的乳挤出来，然后把这乳带来给我。只有这个东西才能治好我的病。"于是两个有钱的女婿又像前面一样出发了；看鹅人也和前面一样骑了一匹跛脚老马一拐一拐地走了。但他一出城门，便又取出了那根马尾毛，立刻他自己的马便站在他的身边。他对马道："国王病了，他派了首相与高官一起去取豹乳，现在你知道该怎么办了吧！"马道："你放心！交给我办吧！快骑上来！"于是他带着自己的小豹，笔直的到了群豹所在的地方。当他们到了那里时，群豹们从四面八方向他们冲来，堵住了他们的路。但这时他的小豹，却选中了一只母豹，并把它带到了萨瓦沙面前。他把这豹绑了起来，并坐在它旁边。没多久，他的两个连襟也到了，看见上次那个穿着金袍的骑士又坐在了那里。他们都觉得十分的诧异，心想他必是万兽之王。所以他们更加恭敬地走近他，脱了帽子，跪在地上向他致敬。他们说道："你前次很慷慨地把鹿肝给了我们。现在请再帮我们一次吧，你要什么都可以。"萨瓦沙道："很好，如果你们能够把你们耳朵的下端给我，那么我便可以把你们想要的东西给你们。"他们必须把豹乳取回去，所以又怎么能不服从他的话呢？于是他们便割下了自己耳朵的下端给了他。萨瓦沙则挤出了母豹的乳，并把这乳给了他们。他们拿到了豹乳，便立刻回家了。萨瓦沙放了母豹后，也骑上了他的马，向都城跑去。

当他快到都城时，仍然把他的马放了，并把金袍换下，穿上了他的旧破衣，又成了穷苦的看鹅人。他手里拿着破弓破箭，骑着跛脚老马进城了。所有看见他的人都笑了起来。当他妻子的两个姐姐见了他时，便互相说道："他又空手回来了——但是我们的丈夫却把药带回来了！"然后她们对他高声地讥笑着。首相和高官带了豹乳给国王，不久他们的名字便传遍了全国。而他们的妻子却越来越看不起她们的小妹妹——就连国王也笑她和她的丈夫，不让他们靠近他。但看鹅人还是一句话也没说，也没向任何说起这事。而他的妻子也忍受了一切，等待着事情的好转。

不久，国王第三次叫来了他的女婿们，并说道："你们两个勇敢的少年已经两次替我取回了药，但它们都不能医好我的病。所以你们必须再去试一次。这一趟你们要把生命之水带来给我。"两个驸马又出发了，而看鹅人仍跟在他们后面。他仍就骑着那匹跛脚的老马，从城市的街道走过。但当他一到城外，便立刻取出了马尾毛，马上他的马便站在了他的旁边，问他这一次要干什么。他告诉了它取生命之水的事。于是马道："我明白了。你的水瓶必须要有一根长的绳子，因为生命之水是从两个岩石之间流出来的。这两个岩石时开时合，它们合拢时，就像你拍手一样的快。到时，我将跃到它们之间，从这一边到那一边，在那个时候，你就可以用水瓶去汲水了。"萨瓦沙听了这话便骑上了马再次出发了。不知走了多久，他们终于到了生命之水流出的地方。一块巨大的岩石立在那里，它的峰顶直入云霄，看不到头，它被分为两半，一会儿，它们分开了；一会儿，它们又合上了。没有人能够经过这两块岩石。马对萨瓦沙道："你握紧我的鞍，然后重重地打我一下！"他立刻如此做了；马跃入了这两个削壁之间，萨瓦沙便立刻汲满了水，但当它再跳出来时，岩石刚好合上了，因此马尾巴被夹断了。萨瓦沙下了马，让它在边上休息，自己则坐在马旁。他刚坐下不久，他的两个连襟便到了。他们看见前次的那个骑士又在这里，并且已经汲满了生命之水。于是他们又向他乞取生命之水，并说，为此任何东西都可以给他。

　　萨瓦沙说，他这次什么都不要，只要他们二人各被他的马踢一下。他们不得已又答应了这个条件，取了生命之水然后被马踢了一脚。后来他们回家了，并把生命之水献给了国王，国王喝了这水，病真的好起来了。首相与高官自然不会告诉国王事情的真相，所以国王很高兴地以为他的两个女婿真的很勇敢。而现在看鹅人的妻子却真的以为她的丈夫毫无能耐了，只不过是一个无用的秃头人罢了，她想，她是被骗了，是被看鹅人给羞辱了。

　　现在，国王相信有了如此勇敢的两位驸马，便可以和邻国开战了。于是他派了人到邻国去宣战，说不是你死便是我亡。同时，他召集了他的军队，于是所有人都来了。首相与高官穿上了华丽的盔甲领率着三军出发了。看鹅人也脱下了猪膀胱，露出了他的金发，他的马和豹也立刻赶到了他的身边。然后他穿上了金袍，拿起兵器，也出去打仗了。他紧追在敌军的身后，在他们当中左冲右突，他的刀斩杀了无数的敌人，而他的马和豹战胜的人比他还要多上一倍。

　　一天的战事结束了。每个人都惊奇地说着这位无名的战士，但所有人都不知道他是谁，从什么地方来。他们四处找他，都没有找到，因为他已经又换上了旧破衣回家了，他的妻子也听说了那个神密战士的英勇行为。

　　第二天，战争又开始了。看鹅人又穿上了金袍出去打仗了。但这一次，他的手臂受了伤。国王见这位陌生的勇士在流血，他叫了他来，用自己的丝巾包扎了他的伤口。然后萨瓦沙又偷偷地离开了，把金袍又换成了旧衣，回到了他的家。夜里，国王举行了盛大的宴会，杀了许多牛，并分了许多酒给士兵们喝。同时，他命令所有人都要留心勿必要找出那个受伤的勇士，并且一找到就要告诉他。但酒过一巡，都没有看到手臂受伤的人。于是国王传令道，所有人都要伸手来取酒，并且每个人都要到。然后国王道："好，现在把酒和苹果一起传递下去。"因为这样一来，每个人都会把两只手都伸出来。当酒和苹果传到萨瓦沙的面前时，他只伸出了一只手，另一只手却放在了背后。国王叫他伸出另一只手来接苹果，但他说自己不喜欢吃苹果，可以多喝些酒。国王不允许，于是大家都看到了他的伤臂，而且国王的丝巾还扎在上面。现在国王对他的态度完全变了。他拥抱着他，并吻了他一下，还求他原谅从前不好的待遇。他还说道："我请求你明天再出去打仗，证明你自己给我和我的人民看。"

　　第二天，萨瓦沙依旧露出了他的金发，穿上了金袍，骑上他的马出去打仗了。这一次他把敌军杀得片甲不留，几乎全军覆没。邻国的王派人来说，不要杀光他的臣民，他愿意投降，并同意把国家都给他。于是战争结束了，所有人都回家了。现在大家都在称赞萨瓦沙，再也没有人谈到首相与高官了。萨瓦沙的妻子眼睛一刻不离地看着她那勇敢的丈夫，而她的两个姐姐却又失望又妒嫉地哭了。当国王回宫后，他让萨瓦沙和他的妻子住在了一座最宏伟壮丽的宫殿。有一天，萨瓦沙对他的岳父说道："现在应该把所有的事都说明白了，叫首相与高官过来，然后问问他们是从哪里得来了鹿肝。事实是这样的：是我把那鹿肝给了他们，这就是证据。"他说时，便把他们砍下的小指尖拿给国王看。国王把他们叫了来，只见他们的小指尖果然都没有了。萨瓦沙又道："豹乳也是我给他们的，代价就是割下他们耳朵的下端。也是我汲取了生命之水，当时是我的马帮助了我。但我也不是白给他们的，如果你看了他们的背，便会知晓他们所付出的代价是什么了。"大家果然看见他们俩耳朵的下端没有了，而在他们俩的背上却有着马蹄踢的印子。于是他们俩垂头丧气，羞愤地回家，而他们俩的妻子也都羞得无地自容了。但过了不久萨瓦沙实在厌倦了坐在火炉旁的日子。于是他要求说要出去打猎。国王道：“好的，但我要求你不能走出我国的边界。因为在边界外面住着一个女巫，她如果看见了你，一定会把你杀了的。”萨瓦沙道：“我们会小心的。”

于是他叫了他的马和豹来，穿上了盔甲，便出发了。但在他岳父的国家里，他没有找到想要猎取的动物。于是他骑过了边界，在那里，他看见了许多猎物。他一直打猎打到心满意足为止。当他感到疲倦时，想到猎物已经打得够多了，便放下弓，坐下来开始休息了。

在远处，有一座高塔。他一见这塔，便又挂上了弓向塔骑去。到了塔边他下了马，走了进去，并坐在金椅上休息。他看见塔内有一把金琴、还有一只金羊。于是他拿起琴开始弹奏起来，而那只金羊也跟着琴声跳起舞来。

没过多久，一个妇人把头探了进来。她问道：“你是谁？你怎么可以在我的塔内弹琴叫羊跳舞？”他答道：“我叫萨瓦沙，你进来吧。”她以枯木般的声音答道：“你会杀了我的，我不敢进来。”萨瓦沙保证道：“我不会杀你的。”于是她道：“好的，如果你真的不想杀我的话，就把那一片木块放在你的马上！”于是萨瓦沙把她指给他看的木块放在了马上。然后道：“现在你可以进来了。”但她又道：“你还要把那块木块放在你的豹身上！”于是他又照做了。她还要求道：“现在在你的刀上也放一块木块。”萨瓦沙也按她的话做了。

于是妇人走了进来，并向萨瓦沙扑去。他叫他的马，但马不能动弹，它已经被九重链锁住了。他又叫他的豹，但它也不能动弹。最后他叫他的刀，但它也无法听从命令了，因为它也被锁链锁住了。于是那妇人把萨瓦沙、他的马及他的豹都吞吃了。但曾经当萨瓦沙与他的弟弟萨委西分离时，他们曾拔出他们的刀，立下了一个誓约，如果其中一人在刀上发现了一点血迹，那便表示另一个人在向他求助。萨委西在家时常把刀拔出来看看。当萨瓦沙被那位妇人吞下去的时候，萨委西正在看他的刀，他见刀上出现了血迹，便自语道："我哥哥一定遇到了危险。他要我去救他。"于是他立刻站了起来，穿上了金袍，带上了他的刀和他的弓箭，骑上了他的宝马，在向他父母告别后，便唤了他的豹一同出发了。

他走啊走，走遍了整个世界，经过了千百个国家，每到一处便问他哥哥的消息，但始终没有消息。后来，他来到了萨瓦沙住着的国家了。正如分为两半的苹果相像一般，萨委西也和他的哥哥十分相像。如今萨瓦沙已经失踪了很久了。国王于是下令说，举国上下都要为他戴孝。但当萨委西来到这时，所有人都以为他就是萨瓦沙，于是都变得十分高兴。国王下令把丧服都脱了，他拥抱着萨委西，还吻了他一下，说道："谢谢上帝，我的孩子，你又回到了我们身边。你是怎么设法逃离那个妇人的呢？是上帝的帮助，还是运气好？"上面已经提到过，萨委西和萨瓦沙是十分相似的，于是他想道："没错，萨瓦沙一定是到那个地方去了，从此没有回来。而他们一定以为他已经死了，所以正在为他服丧，而现在见到我后变得那样的快乐，是因为他们把我当作他了。我必须假装是真的萨瓦沙才行。"于是他高声地答道："我还没去过那个妇人那里呢；明天我就要去看看。"

于是他住在了萨瓦沙的家里，萨瓦沙的妻子抱上了他的颈子与他亲吻。萨委西任她相信他就是她的丈夫，但当夜里他们去睡觉时，他却拔出了刀，横隔在他们俩之间，并说道："如果你过了刀的这边，我便要用这刀把你杀了，我很讨厌亲吻这等事。"萨瓦沙的妻子以为她的丈夫必定和别的什么人恋爱了，所以不爱她了，于是她便很悲伤地哭了起来，但后来，她哭累了，便也睡着了。

第二天，萨委西起得极早，然后到了国王那里，问他昨天所说的那个妇人住在哪里。国王告诉了他地点，但恳求他不要去她那里，因为如果去了的话，一定会丧命的。但萨委西骑上了马，挂上了刀，唤了他的豹，还是去了。在路上他遇到了许多野兽，但他连看也不看一眼，只是笔直地走向那个可怕的妇人所住的地方。

当他见了那座塔时，便走了进去，并且从墙上取下了金琴，弹起了曲子。于是，不久妇人便走了出来，向他问道："你是谁？为什么到我的塔里来？你怎么能弹着我的琴，让我的羊跳舞？只要我进了塔，你就会有生命危险了。"他答道："我是萨委西，如果你愿意的话，可以进塔来。"但妇人颤声说道："不！我怕你，你会杀了我的。"说得好像她真的很害怕似的。此时，萨委西想道："呵！这就是她骗我哥哥的方法了。我倒要看看，她会施出什么巫术来。"

因此，他高声答道："进来吧，我不会用我的武器和一个妇人对战的。"她道："好的，如果你说的是真话，那么就把那片木块放在你的马上。"于是萨委西假装着照她的话办了。她又道："不错，现在，再把那块木块放在你的豹上。"他道："我会照你的话做的。现在你可以进来了。"但那妇人却道："不，你还要在你的刀上放一块木块。"他答道："好的，"然后仍旧假装着如她的话做了；"现在你可以进来了。"但当她一进去，萨委西就用刀把她的头斩了下来，但她却有三个头！她现在感到十分的愤怒，于是萨委西和他的马、他的豹，三个一起打她一个。然后萨委西又斩下了她的第二个头。他道："告诉我，女巫，我的哥哥在哪里。你，把他怎么样了？"妇人答道："如果你不杀了我，我便告诉你。我的头里有一个箱子，他和他的马、他的豹，都在那个箱子里。"

于是萨委西把那个头斩了下来，并把它剖开了，放出了他的哥哥。然后他们互相拥抱着。萨瓦沙叫道："唉！我好像睡了好久。"萨委西道："是的，如果不是我及时赶到，你将永远醒不过来了。"然后他把一切经过都告诉了他的哥哥。最后他们跨上马，回家了。

有人见了他们在路上走，便奔到国王那里说道："驸马回来了，但却变成了两个！由一个人变成了两个人！"国王道："你说的是什么话？从来没听说过一个人会变成两个人的！"于是他指着这个报消息的人向侍臣道："把他送进监狱里去！"但正在这时，又有一个人跑了进来，他也报告说，驸马回来了，但变成了两个。

同样的这个人也被关进监狱里。当第三个人带着同样的消息回来时，国王便对他的王后道："你去看看他们说的到底是不是真的。"王后出去看了看；她确确实实地看见有两个人向这走来，这两个人长得一模一样，根本无法区分。当萨瓦沙和萨委西来到国王面前时，国王也不知道谁是萨瓦沙，谁是萨委西。萨瓦沙的妻子也疑惑了，然后萨委西把前前后后所有的事原原本本地都告诉了他们。国王起先觉得很诧异，但后来便很高兴。他下令办一个盛大的筵席，并把王位传给了萨瓦沙。于是萨瓦沙邀请了全国的人来参加这次盛大的宴会，并很客气地款待了他们。

　　后来，他们去了萨委西那里，他现在也是他们本国的王了，他们在那里又开了一个盛大的宴会。当宴会结束后，萨瓦沙回到了他的国家，萨委西则留在了他自己的国家。

新娘是谁的

很久以前，在底弗利住着一个商人。

他有一个女儿，叫作马丽爱。她是一个很漂亮、很聪明、又很有学问的女郎。她的父亲立志要把她嫁给一个能够做一件非常精巧的艺术品的人。这个女郎的美名以及她父亲择婿的标准，传遍了整个世界。

在伊斯兰有一个人，当他把手放在眼睛上，身体躺下时，能够看见全世界发生的事情。在巴乞拉有一个人，他有一把枪，一但射出去就没有不中的。在阿富汗也有一个人，他会做各种各样的木器，任何人坐上他的木器后，便可以走得很远很远，别人需要一个月的行程，他只要一个小时就够了。现在这三个少年都下定决心想要得到那位商人的女儿。他们到了底弗利，向女郎的父亲求婚。

商人道："好的，好的！但事情并不是这么容易决定的。我必须先知道你们三个人到底都有什么本领。"从伊斯兰来的少年道："我能够看见全世界所发生的事。"来自巴乞拉的少年道："我有一把枪，射东西没有不中的。"从阿富汗来的少年道："我能在木头上雕出一样东西，人坐在上面后，别人要走一个月的路程，它只要一个小时就够了。"

商人道："非常感谢你们，我想，我在打发你们走之前还要仔细地想一想。且让我想想，我应该把女儿嫁给你们中的哪一个人。"三个人异口同声答道："好的，我们会等待你的决定的。"

第二天一早，商人便慌慌张张地跑来告诉这三个求婚的少年说，昨夜他的女儿忽然不见了，没有留下一点线索。他还说道："现在是你们展现你们本领的时候了。快准备动身去找她，把她带回来给我。"

　　他们互相看了看。其中的一个少年便对伊斯兰的少年说道："你先去看看她现在在什么地方？"

　　他立刻躺下，把手放在眼睛上，看了一会儿，说道："黑海中有一座岛，在那座岛上有妖人的监狱，女郎正坐在那个监狱里，成了一名囚犯。"

　　从阿富汗来的少年道："我必须立刻到那里去。"来自巴乞拉的少年道："我和你一起去，只要能把她带回来，即使牺牲了我的性命也无所谓。"阿富汗的少年就立刻动手雕了一个东西作为坐骑，他还带上了巴乞拉的少年。

　　不久，他们就到了妖岛。巴乞拉的少年用他的枪把妖人一个一个地都杀死了。于是他们带回了女郎，送还给了他的父亲。但这个时候，三个少年起了争执。

　　每个人都想要这个女郎成为自己的妻子，因为他们每个人都有权利可以得到她。伊斯兰的少年道："如果我没有看见她……"阿富汗的少年道："如果没有我去做那个坐骑呢……"巴乞拉的少年道："如果我没有杀死那些妖人呢……"他们就这样争吵着，但没有一个人可以解决这事。

好运的那斯尼

　　很久以前，有一个人的名字叫作那斯尼。他胆小如鼠，小得不敢走出门去，见一只小苍蝇飞过，他也会躲在被子底下。

　　有一次，他居然出了门，他没有忘记带上他的刀，他的手颤抖着把刀拔了出来，在空中乱舞了一会儿，没想到竟有三只小苍蝇碰在了刀锋上死了。他见了感到十分的自豪，便把他的成功事迹刻在了他的刀上："这是那斯尼的刀，杀过纳兹巨人六十三个。"然后他拿着这把刀，带了一袋米粉在身上后，就出外游历去了。他笔直地向前走去，不知道走了多久，后来到了一棵生在山谷中的梨树下面。他想要在树下休息，便在地上挖了一个洞，然后把他的米粉袋放了进去。自己躺在上面睡着了。

　　正在这时，来了七个纳兹巨人，他们都是兄弟，好像凭空冒出来一样，站在了离他睡着的地方不远的地方。他们感到很诧异，这个人怎么敢到他们的国家里来，因为就算是一只飞鸟飞过他们的国土也要留下羽毛来，即使是四足的兽类走过，也要留下它们的四肢来。还是最小的那个纳兹巨人轻轻地走到了那个熟睡的人身边，看见了那把刀，然后回到他哥哥那里，跟他们说，那刀上刻着这样的一句话："这刀是那斯尼的，杀过六十三个纳兹巨人。"正在这时，那斯尼睡醒了。他见有七个纳兹巨人向他走来，还听他们说，他必须向他们展示他的能力。他把刀给他们看，然后他的脚重重地踩在了他放米粉袋的地方，因此，空中充满了大量的粉尘。他道："你们看呀，这就是我的能力！我只要轻轻地往地上一踩，一大堆灰尘便会飞起来。"于是纳兹巨人们要求他和他们住在一起，因为他们还未曾见过像他这样利害的人，他们想要他娶他们的妹妹为妻，还打算分一半的家产给他。那斯尼只能答应他们，然后和他们一同回去了。他们为他建了一所房子，还把他们的妹妹嫁给了他，从此，那斯尼便和他们住在了一起。

没过多久，森林中出现了一只犀牛，它常常到村子里来吃人。所以纳兹巨人们决定要和这只巨兽开战，他们还叫上了那斯尼，要他一同前去。但这事对他来说，根本就是肉包子打狗，有去无回，因此，他告诉使者说，那斯尼不愿意和他们一同去打猎。但……他的妻子一定要他去，甚至直接把他赶到了屋外。那斯尼只好跑进森林，他爬上了一株大梨树，把自己藏在了那里。但他的运气很不好，犀牛每晚睡觉的地方就在这棵梨树下。而纳兹巨人们以为那斯尼已经提前出发了，所以他们也进了森林，在那里，他们遇到了犀牛，并把它打伤了。犀牛受了伤，逃回它的窝，就是那斯尼藏身的树下。这时，那斯尼还在树上。他看见树下的犀牛，便惊恐地晕了过去，正好掉在了犀牛的身上。这一跌，把他跌醒了，他只能把犀牛的毛牢牢地抓住防止自己掉下去。犀牛也感觉到背上有人，所以害怕得向纳兹巨人们的村庄冲去。

见此，纳兹巨人们取出了武器，把犀牛杀死了。这时，那斯尼从犀牛背上溜下来，假装说他才是功臣。还说道："你们为什么把它杀了？你们如果看到我如何把它驯得服服贴贴、惟命是从，就可以学到不少本事了。"纳兹巨人们对此信以为真，以为他真的可以降服犀牛。

没过多久，便来了一大队敌人要和纳兹巨人们开战。他们又去叫那斯尼帮忙，但他仍旧回绝那使者说，那斯尼不愿意去打仗。但他的妻子取了一根大木棒，把那斯尼赶出了屋。那斯尼走到了纳兹人的马厩里，想找一匹适合他的马，好骑了逃走。但没有一匹马愿意让他近身，它们都用脚踢他。后来，他找到一匹跛脚的老马。他用两根小棒刺了刺老马的腰腹，但它无动于衷，站着没动。

那斯尼道："机会来了！"于是骑上这匹马走了，但却是向着与战场相反的方向走去。当纳兹巨人们得知这个消息后，他们笑了："呵！他又开始玩这种老把戏了，放心吧！在重要的时刻，他会回来的。"怀着对他的信任，纳兹巨人们便和敌人们接触了。

　　而此时，当那斯尼的马听见了炮声时，它发生了巨大的变化。它转过身来，飞快地向战场跑去。那斯尼根本控制不了它。他很害怕，握住了一棵大枫树，但马跑得实在太快，连树也被连根拔起留在了那斯尼手中。那匹马一直跑到战场的中心，拼命地用它的蹄去踢敌人。使得敌人死伤无数，只能望风而逃。那斯尼也用他的大树打杀了几个敌人。战场上，所过之处，均是尸横遍野。战斗结束了，纳兹巨人们牵着那斯尼的马，唱着获胜的歌凯旋而归。

　　于是他们推举了那斯尼作为他们的首领，好运的那斯尼从此一直生活在他们那里，一直到生命的结束。

父亲的遗产

在一个拥有二万五千人口的大乡村，住着一个名叫齐那拉的人，他是那尔皮族人，穷得衣不遮体。

有一天，他向母亲抱怨道："我没有马可以骑，也没有一件漂亮的衣服，更加没有一件可以随身携带的兵器。如果我注定一生贫穷的话，我又怎么可能摆脱得了现在的苦境？"

母亲回答："事情并非如此。你父亲并不穷苦。他曾留下一匹马，已经在那个黑暗的马厩中站了十五年了。它一直以石块和铁皮为食，性情非常暴躁，如果你有勇气替它加上鞍和缰，那么你就可以得到它。那里还有一副铠甲，但它重得很，需要十五个女郎一起抬才能抬得起来。如果你能承受得了它的重量并穿上它，那么它将属于你。还有一把刀也在那里，如果它能为你所用，你也可以把它拿走。"

齐那拉从马厩中把他父亲的马牵了出来，很轻松地放好了鞍和缰。他也轻而易举地穿上了那套沉重的铠甲，拿着刀跨上了马，一跃便跳过了三道篱笆，开始了他的环球旅行。

他骑了很久，很久，才看见人。

那是七个纳特族的巨人兄弟们，他们此刻正躺在路旁睡得很香。当齐那拉从他们身旁经过时，他们的马对他的马说："你如此心急火燎地要去哪里？你奔跑时，速度是如此地快，快得能把泥土犁起，所过之处，土地就像被牛犁过的一样；你跳跃时，是如此地健美有力，成块的泥土被你抛起，留下的坑洞深得似田鼠挖的一样。如果我们不是怕惊醒我们的主人，今天便要跟随你而去了。"

齐那拉的马答道:"如果不是还有许多路要走,我将轻易地把你们撞倒在地,如拍下绿叶上的露水一样简单。"说着,便依然如疾风暴雨似地向前跑去了。

不知走了多久,齐那拉终于到了一座大城市。他牵着马慢慢地走在大街上,寻找着一处可以休息的地方。

城边,住着一位寡妇。齐那拉的马到了她的天井边,便不再离开了。寡妇很热情地接待了这位不认识的客人。

齐那拉因为旅途劳累,一躺下便睡着了。午夜时分,他看见整个夜空都充满了亮光。

第二天,他跟寡妇说了这件事。寡妇说,这里国王的公主,每当夜晚睡着时,便会散发出亮光来。寡妇还跟他描述了,这位公主是如何的美丽动人,他便差寡妇去向国王求婚。

国王很苦恼地告诉寡妇说,现在还不敢决定公主的婚事,因为一个国王的儿子正带着一百二十个骑士,向这里赶来,他们想用武力来抢夺公主。

听了这事后,齐那位便跳上他的马,跑出城外去迎战那个王子了。王子远远地看见如风一般疾驰而来的齐那拉,不由得以惊恐的语气问他的随从:"是什么东西在向我们跑来?"

齐那拉大声地喊道:"在你面前的是那尔皮族的齐那拉。长翅的飞禽在那尔皮族的地盘飞过都要留下羽毛,四足的走兽从那尔皮族的地盘经过也要留下一只足。你马上就可以见证,我比他们还要勇猛厉害。"

齐那拉一说完,便一挥马鞭,冲向了这队骑士。马影所过之处,刀光一闪,骑士们纷纷从马上落下。

勇猛的齐那拉,他战胜了所有的人,然后回到都城,叫寡妇再去跟国王求婚。

国王很痛快地答应了勇士的求婚,于是齐那拉带上他美丽的妻子,一同驱车回家去了。

在回家的路上,他又遇到了那七个纳特族的巨人兄弟们。他们欺骗了他，说他们想跟他做个朋友。所以齐那拉毫无防备。七个巨人趁机抢走了他的新娘。发现以后，齐那拉立刻唤了马过来，骑上马便去追赶他们。

但当他追上他们时，他又不知该如何是好了，因为巨人们还把他的刀抢走了。此时他的新娘帮助了他：她沿着一个空隙，把他的刀抛给了他。他得了刀后，不到片刻，便把巨人们都打败了。从此，一路平安，没有再遇到任何危险。

他们回到了家，并举行了婚礼。但在新婚之夜，他的新娘却突然被人偷去了。没有人知道是谁干的。新房里的窗户及门都是锁着的，没有被打开过。

齐那拉急得哭了起来，泪流干了，都流出了血。但齐那拉知道哭是没有用的，他决定出发去寻找他的新娘。

他找了很久，很久。有一天，他在路旁遇见了一个奇怪的牧人。这牧人跑上一座小山，又从山顶跑下，然后又跑上去，然后又跑下来，如此的消磨着时光。

当他上山时，他是笑着的，当他下山时却哭了起来。齐那拉注意到了这个牧人的奇怪举动，便走至牧人面前，问他这样做的原因是什么。

他答道："当我下山时，之所以哭，是因为我在代那尔皮族的齐那拉哭；我上山时，之所以笑，是因为我只要待在家里就能得到肉与面包。"

齐那拉说道："你知道偷了齐那拉新娘的人是谁吗？这个小偷住在哪里？"

牧人道："是的，我知道。他是一个鞑靼人，住在左边的村子里。"

于是齐那拉告诉了牧人他的身份，并且问他有什么方法可以从这个鞑靼人的手中救出他的妻子。

牧人道："我有一个办法，但你必须按照我说的去做。今夜，鞑靼人将第一次和你的妻子同房。你穿上我的衣服，把你的刀藏在衣服里，赶着我的羊群到村子里去。他们会把你领到那个鞑靼人的天井中，他们还将给你面包和肉吃。然后你需要请求那个鞑靼人允许你将面包和肉献给他的妻子，祝她快乐，他一定会同意你去见他的妻子。其余的事，就要靠你自己了。"

齐那拉按照牧人的话去做了。他在他妻子的房内等着鞑靼人的来到。

果然，天一暗下来，他便来了；他一进屋，便向他的妻子夸说他自己做贼的本领有多大："我能在她们不知道的情况下，把小孩从妈妈的臂弯里偷出来；我还能从少年们的身边把他们的妻子偷走。"

齐那拉的妻子道："我相信你的话，但是没有哪个男人会比我的丈夫齐那拉更勇猛。"

鞑靼人很生气，便叫她装狗，用鞭子抽打她，并称齐那拉是懦夫。

这个时候，齐那拉跳了出来，只一拳便把鞑靼人打倒了。他还把那个鞑靼人四处偷来的东西，分给了牧人，然后便带着他的妻子一同回家了。

吉　超

　　很久以前，在西拉和彼特洛分别住着一个国王，而这两个地方离得很近。住在西拉的王，有五个儿子，而住在彼特洛的王，却只有五个女儿没有儿子。两位王是极好的朋友：大家常常见他们俩一起参加各种活动。

　　有一天，两位王都在西拉，参加一个贵族的婚宴。忽然从彼特洛来了一个使者，说王后快生了，要她丈夫赶紧回家。国王很高兴便从衣袋里取了一百个卢布赏给那个使者。半小时之后，他和他的朋友就已经在彼特洛了。但刚到不久，忽然从西拉赶来了一位使者，说西拉的王后也快生了，要她的丈夫立刻回家。同样地这个使者也得到了一百个卢布的赏金，两位国王又一起赶回了西拉。他们在那里共同立誓说，如果一个人生的是儿子，另一个生的是女儿，就让这两个孩子长大后结婚，且一生下来就立刻定亲。果然，西拉王后生下了第六个儿子，彼特洛王后生下了第六个公主。

　　时光飞逝，两个孩子都长大了不少。当公主还是一个很小的女孩子时，她已经知道对镜梳装了；而王子在那个时候，也已经学会骑马了。当公主十三岁时，已经生得异常的美丽了，美得让王后不许她上街被人看见；而王子在那个年龄，也已经学会如何打猎了。

　　那么接下来我该讲什么呢？告诉你们三头巨人的事，怎么样？唔，听我说，有一个三头巨人听说了公主的美貌后，便去问他会巫术的母亲，有什么方法可以让公主做他的妻子。于是那位母亲把他的儿子变成了一只小黄鸟，并对他说道："飞到国王宫殿的屋脊上去。"于是他飞到了那里。这时，公主恰好站在窗前。小黄鸟立刻飞到了她的身上。公主从未见过如此美的小鸟，便把它捧在了手心。但此时，那小鸟立刻变成了三头巨人，把她抓走了。现在我该讲谁了呢？讲王后吧，那个被抢去的公主的母亲？唔，不久王后走进了她女儿的房间，看见房里没人。便立刻下令到城中去找寻，但始终没有找到……公主失踪不见了。又叫人到西拉去打听，还是没有找到。于是西拉王的五个儿子，就领命出发去找她了。

当他们经过一片森林时，他们看见他们最小的弟弟吉超，正躺在一株树下休息。他们向他叫喊道："呀，弟弟！你怎么还躺在这里啊？出大事了，你的新娘失踪了！"吉超答道："但我已经知道抢走我新娘的是谁了。就是三头巨人。"几位哥哥听见他说这话，便对他说，他们会和他一起去救公主。但在出发之前，必须做好充足的准备。恰好这时两个国王都在西拉。吉超道："父亲，岳父，你们听我说。我们要出发去寻找公主，你能为我们准备些什么，岳父？"他答道："我将为你们准备七匹土斑马。"吉超又问他父亲道："你呢，父亲，你要给我们什么？"父亲道："我会为你们准备好兵器及干粮。"他又向他最大的哥哥问道："大哥，你能做什么？""我要祷求上帝把海水分开，使我们可以找到三头巨人住的地方。""你呢，二哥，你要做什么？""我要向上帝祷告恳求他建起一座高塔，好让我们躲避巨人的追杀。"吉超又自语道："我呢，我负责砍下巨人的头。"

到了第二天，吉超和他的五个哥哥及他的朋友阿史兰一同出发了。他们骑上了吉超的岳父给他们的土斑马，这些马可以日行千里，跑得非常快。后来，他们到了海边。吉超道："现在，大哥，是你实现承诺的时候了。"于是他立刻向上帝祷告，果然海水被分开了，他们看见了三头巨人住着的地方。他正躺在海底熟睡，他的一个头，正枕在公主的膝盖上。吉超立刻把刀拔了出来，想杀了巨人。但公主道："等一等，吉超，你这样是杀不了他的。你看见那条鱼没？先杀了那鱼，在它的肚中有一个箱子，藏着巨人的灵魂。你先把巨人的灵魂取出并把它打碎；然后他便不能再起身了，如此，你才能砍下他的头，把我救出去。"吉超听从了她的话，把鱼捉住后，剖开了鱼腹，取出了箱子，然后把灵魂砍成了碎片，最后斩下了巨人的三个头，把公主救了出来。接下来又会发生什么事呢？我们来说说三头巨人的母亲吧？没过多久，她便来看她儿子。当她见儿子被人砍成碎片后，她十分愤怒，然后开始狂杀海中的鱼来平息她的怒火。此时有一条大鱼游近了她说道："你对我们生气有什么用呢？看那边！那条大鱼吞吃了你儿子的灵魂。把它杀了，就可以取出你儿子的灵魂了！"于是她依大鱼的话去做了，她的儿子因此复活了。巨人复活后，立刻就去追吉超了。吉超叫道："哥哥们，哥哥们，也许你们还不知道为什么会突然下起雨来？但我知道。是巨人从后面追来了。

"二哥，现在轮到你了，请你立刻向上帝祈求，实现你的诺言。"于是二哥向上帝祈祷，上帝立刻把一座高塔放在了他们的面前，公主和王子们都躲进了塔中。当巨人赶到塔前时，他跳了起来，但没能跳到他们所在的地方。他又跳了一回，这次吉超乘机一刀把巨人的三个头都砍了下来。

七天之后，吉超和他的新娘，以及他的哥哥们都回到了家。国王们是如此地高兴！他们举行了一次非常盛大而且愉快的宴会。

穷人与富翁

　　很久以前，有一个穷人和他的妻子住在一间矮屋里。

　　有一天，来了一个富翁并且对他说道："来，穷鬼，跟我一起去打猎。"但穷人答道："我身上没有粮食，不能和你一起去打猎。"富翁说："告诉你的妻子，叫她出去乞讨一钵麦粉来，烘焙一块面包给你，好让你打猎时带在身上。"于是穷人回家后把这事跟他的妻子说了一遍，他的妻子便出去乞讨了，并带回来了一钵麦粉，还为她丈夫烘焙好了一块面包。

　　第二天一早，富翁与穷人就一起出去打猎了。他们四处闲逛了一整天，但一只猎物都没遇上。到了傍晚时分，他们找了一个地方打算过夜，于是生了一堆火，坐下休息。他们休息了一会儿后，穷人便说道该吃晚饭了。富人答道："是的，你说的没错。"于是他们各自取出带来的食物，开始吃起来，吃饱后，便躺下睡着了。

　　第二天，他们还是没有看见一只猎物。傍晚时又回到昨夜露宿的地方。他们又休息了好一会儿，还是穷人先想起该吃晚饭了。富人问道："但我们吃些什么呢？你应该还剩些食粮吧？"然后开始吃起自己带来的干粮，但并不打算分些给穷人。穷人双眼直直地盯着富翁的食物，后来见富翁无意分些给他时，便开口向他乞求些食物。富翁道："如果你允许我挖下你的一只眼睛，那么我会将食物分给你些。"穷人能怎么做呢？他饿极了，只好牺牲了自己的一只眼睛，换取了一片面包来充饥。但还没等他把面包吃完，富翁又开口说道："离我远点！是你的不祥给我带来了坏运。"说完便要把穷人赶走。他甚至于不允许他在那里过夜。在黑夜里，没了一只眼的穷人步履艰难地穿过了森林，来到了一块空地上。远远地他看见一座小山脚下有亮光在闪烁，便向发光的地方走去。当他走近，看见前面有一座房子。他向房子里看了看，发现没有人，于是他便爬到了屋子的梁上，躲在了那里。

没多久，房子里来了一只狼，一只熊，还有一只狐。它们进屋后，熊对狼和狐说道："既然，现在我们一起住，一起睡，那么，为什么我们不能一起分享食物呢？让我们把身上所有的东西都拿出来吧。"狐道："我唯一拥有的只有这一块金布。这是我全部的家当，它能让我吃饱喝足，让我可以活下去。我只要抖动它三次，便会落下许多吃的喝的。"熊道："那它真是一件无价的宝贝，但我有一罐满满的金子。没错，那就是我所有的家当了。我一直把它带在身上，我把这罐金子拿给你们看看。"此时，狼指着一株树说道："我每次偷羊受了伤时，总会跑到这棵树下，把身体往树身上磨擦一会儿，然后，我的伤便立刻恢复了，就跟未受伤时一模一样。"它们三个如此分享着自己所拥有的东西。但熊是一个聪明的动物。它说道："如果我们用完了我们的积蓄，又该怎么办呢？最好的办法还是去工作。你们要做什么？"狐道："我要去偷些鸡来。"狼道："我要去捉一只羊来。"熊道："我要去麦田找些麦谷。"于是它们在夜间做了约定。到了第二天早晨，它们便照着它们所约定的去做了。

不要忘了我们的穷人还在梁上呢。当它们都出去后，他爬了下来，带走了熊和狐所有的东西，他带着金布与金子，走到狼所说的那棵树旁，把脸贴了上去并开始磨擦树干；他那被挖掉的眼睛，立刻重新长了出来，并恢复了视力。于是他离开了小屋向前走去，在路上遇到了一个牧羊人。牧羊人问穷人把什么东西背在了背上。他答道："没有什么特别的东西。我和富翁一起去打猎，除了食物还能是什么呢？"这时，狼来到了这里，向牧人叫道，它要带走一只羊。牧人说："到这里来拿。"狼向着羊群渐渐地走近了，走近了。但此时牧人取起了枪，他瞄得极准，一枪就把狼的大脑打出来了。穷人把狼脑拾了起来——并且他对牧人说，这脑可以医治某一种病——放进了背袋中。而那只狼则跑到它的树旁，用身子磨擦树干——但这一次树治不好他了，因为那树的魔力已经都用在了穷人的身上。

穷人来到了一个属于某个国王的村庄。而现在这个国王病得很重，所有的人都赶来看望他。穷人见此便问他们为什么都聚集在这里，他们把国王生病的事告诉了他，于是他请求拜见国王。

起初，他们都不同意，但国王听见了外面的嘈杂，便下令允许他进去。穷人进了国王的卧室后，便坐下问他可曾吃过什么药。他答道："唉，如果有人能医好了我的病，我将给他所有他想要的东西。"于是穷人叫人取了些牛乳来，并把狼脑放在乳里一起煮汤，然后把这汤捧去给了国王。国王一喝那汤，立刻病就好了——他甚至觉得自己非常地强壮。为了感谢穷人，他叫人从草地上带来了他所有的马，然后，选出最好的一匹马，给它加上了鞍缰，并把他最好的刀，最好的匕首，最好的枪，以及最好的武器，都送给了穷人。

当他骑上马告别时，国王又送给了他一群羊及几个牧羊人。穷人骑着马飞快地回家了。

当富翁听说了这一切后，便去了穷人的家，问他从哪里得来了这么多财宝。并且他还威吓穷人道："快告诉我一切，不然我会拿走一半你所拥有的东西。"穷人道："如果你愿意为此挖出你的一只眼睛，那么我就告诉你一切。"是的，富翁别无选择。穷人告诉富翁道："那夜当我离开你时，我见远处有火光，便向光走去，到了一座熊、狼和狐住的小山。从它们那里，我得到了这一切。"富翁听后便立刻出发了，他找到了那座房子，并像穷人那样藏身在梁上。

三只动物在傍晚时分都回家了，狼走在最前面，好像有病的样子。当它们三个休息够了后，熊问道："唔，你们之中有谁带了东西回来吗？"狼道："在牧人那里，我受了伤。于是我跑到我的树那里，身子擦了又擦，但没有起效——所以到现在我还未痊愈。"狐道："我去了所有的鸡窝，但一只鸡也没能捉到。"熊道："我去了麦田，但麦还是青的，所以我也空手回来了。"于是它们又坐了好一会儿，该吃晚饭了，于是熊叫狐去准备些吃的。狐点燃了一支蜡烛，去找它的金布，但没有找到。熊道：

"唉，你不会是骗我们的吧！还是我去罐中取一个金币出来吧。"但那金罐却是空的，一个金币也没有！狼道："我生了病，不知道是怎么回事！"熊大叫道："不，不，一定是你偷的。你不过假装生病而已，想叫我们不会怀疑到你，但你却骗不了我们。"于是它和狐一起捉住了狼。它们把它杀了，并吃了它。当它们吃完后，狐跳到了梁上，去找它的金布，在那里他发现了富翁。

　　于是它向下对熊说道："这里有一个人，他藏在这里。他就是那个贼，我们错杀了我们的同伴。"于是它们把富翁抓了下来，无论他如何赌咒发誓，说他不是贼，它们还是把他吃了。但上帝却给了穷人幸福快乐的生活，到现在，他还活着。

石头公主

　　从前在托开山的一座山峰上，有一座宏伟的城堡，但现在已经看不见这座城堡了，只有一个姑娘的塑像立在一块半圆形的石头上。

　　这座城堡本来属于一个豪富而有权势的国王，他有一个非常美丽的女儿。这个公主虽然很美丽，心地却极其狠毒，她的可爱的外貌只不过增加了她作恶的机会，正像一只美丽的金箱子，里面装满了毒药一样。

　　尽管她生性恶毒，但是，所有的年轻人只要一看见她，立刻就会爱上她；许多善良而尊贵的年轻人爱她爱得都快发疯了，这是因为她施用各种手段欺骗他们的缘故。当然罗，她非常高兴，因为作恶越多她就越感到愉快，使她最开心的是两个年轻人为了向她求婚而决斗。可以说，她的大部分时间都是用来造成别人的不幸。

　　她不仅对爱她的年轻人很刻毒，就是对她的仆人以及父亲的臣民也很残酷，她宁肯让一个可怜的人饿死，也不愿给他一小片面包。俗话说："发光的不全是金子。"她的为人证明了这句话是对的。

　　公主最恶劣的行为是虐待一位可怜的农家姑娘，她的罪行只不过是她比公主美丽。

　　这位姑娘叫阿兰卡，是一位穷苦的伐木人的女儿，和她母亲住在森林当中一间矮小的茅屋里。伐木人早已去世，她就成了母亲唯一的安慰。她们在世界上孤苦伶仃，没有朋友，也没有一个人关心她们。几年过去了，阿兰卡长成了一位美丽的姑娘。她引起了附近一带年轻人的注意，许多尊贵和富有的小伙子也常常到森林里来，希望能够见一见这位"林中仙女"。

　　许多小伙子向阿兰卡求婚，她都拒绝了，她说她不能够离开母亲。然而，这不是真正的理由。她曾梦见有人告诉她，一位仙人国的高贵的王子会驾着一辆华丽的马车到茅屋里来娶她。她相信这个梦中的骑士是真的，虽然她从来没有见过他，却热烈地爱上他了。从此以后，她总是期待着那个王子从仙人国来接她。

　　后来，那位恶毒的公主发觉许多曾经拜倒在她脚下的小伙子都不再追求她了。不久，她又听人说有一个美丽的林中仙女使得国内许多有钱的漂亮的青年神魂颠倒。公主怒不可遏，心中顿生毒计，要阴谋毁坏这个可怜的农家姑娘的容貌。

　　有一天，阿兰卡正在茅屋门前，忽然她看见一辆由四匹高大的马拉着的华丽的马车朝她驶来，她一阵心慌意乱，以为是她朝思暮想的骑士来了。然而马车停下后，走出来的却是一位公主，她长得很美丽，可是眼睛里却充满了憎恨和嫉妒。

　　"我要你到我父亲的城堡里去，我要你做我的侍女！"公主用严厉的冷冰冰的口气说。

　　可怜的姑娘吓得脸色苍白，胆怯地回答："请你原谅，尊贵的公主，我不能跟你去，我要和我可怜的母亲住在一起，在世界上。她除了我再没有别的亲人了。"

　　公主气得满脸通红。"你必须跟我去！"她喊道，"我强迫你这样做，你不听话我就处罚你。我父亲允许我任意处罚他的臣民，谁敢违抗我，谁就要吃苦头！"

　　"请饶恕我吧，公主。"姑娘苦苦哀求，"为了母亲，我不能同你去，而且，我害怕……"

　　公主转身走进马车，回到父亲的城堡里。等她一走，阿兰卡就伤心地哭起来，她心里非常害怕，担心灾祸即将来临。

　　第二天，一群骑兵来到茅屋，他们奉了公主命令，来杀害可怜的寡妇并且毁坏那位"林中仙女"的美丽容貌。鸟儿害怕得停止歌唱，花儿也伤心得低下了头。

骑兵把这件恶事干得十分利落，半个钟头之后，那个"林中仙女"就变成了一个丑陋的残废人了。她被带去给公主做侍女。"如果我的侍女丑陋，"

公主想，"那不是就越发显出我的美丽了吗！"

可怜的阿兰卡所受的痛苦使她疯狂，不过在疯狂中她仍相信会有一位高贵的仙人国的王子坐着金马车来迎娶她。

果然有一天，一辆由六匹骏马拉着的金马车向城堡疾驰而来，马车里坐着一位真正的仙人国的王子，威风凛凛，非常漂亮。

公主和阿兰卡同时看见马车，可怜的阿兰卡发出一声凄惨的喊声就昏了过去。公主却暗地高兴，她期望王子爱上她。

马车停住了，仙人国的王子走到草地上。

"如果你的心像你的面孔一样美好，"王子说，"那么我就找到我理想的未婚妻了。我已经找了许多时候。"

"如果你成为我的丈夫和国王，"公主回答道，"那么你一定会知道我的心有多好。"

"这样我一定要做你心中的国王。"王子说。他们马上互相拥抱，一起沿着小路散步。可是他们没走几步，王子突然看见了倒在路边人事不知的阿兰卡，就向公主为什么留着这样一个丑得可怕的人，而她自己却如此美丽。

"难道这还不能看出我的好心？"公主反问一问，说道，"幸亏我把这个不幸的姑娘留下当侍女，否则她早就死了。"

几天以后，公主和仙人国的王子结婚的消息公布了。宫中举行了盛大的庆祝会，全国人民都十分快乐，因为他们希望从此公主的心会变得善良一些。

公主也在她那恶毒的本性所能容许的范围内热烈地爱上了王子，因为她首先想到的是她的美丽和她要成为仙人国的王后了。

全国上下只有一个人不快乐，就是那个发疯的姑娘，她的梦想就在眼前，却又变得如此遥远。

有一天夜里，舞会过后，王子回到他的房间。突然，他听到有人在唱一支忧伤的歌，歌中说森林里的一位可怜的姑娘，她的美丽引起了一位公主的嫉妒，公主竟派人毁坏了她的容貌。王子听着听着，身不由己地走出房间，在月光下他看到唱歌的人竟是几天前他偶然遇到的那位丑得可怕的姑娘。

第二天，公主在穿衣镜前打扮自己，不料想，她的侍女突然失手把她的宝石王冠掉在地上，碎成两半。公主顿时勃然大怒，她伸手朝这个姑娘劈面打来，直到她打得疲倦了才住手。她还不感到满足，又命令几个卫兵去把那个侍女拖出去打死。

但是，话刚出口，公主竟大惊失色：那个侍女忽然变成仙人国的王子了，现在轮到王子严厉地谴责公主了，公主装出一副可怜相，苦苦求饶，说正是因为她想在王子眼里显得更美丽，才使她丧失了理智，还发誓说保证以后不再发生这样的事。

几天之后，有一个卖花姑娘奉了王子之命，给公主带来一束鲜花。卖花姑娘长得比公主美丽，公主一见，非常嫉妒，她连花也不看一眼，只吩咐姑娘等一下。接着，她命令卫兵队长去毁坏卖花姑娘美丽的容貌，正像从前毁坏阿兰卡的容貌那样。

"除了我以外，还有谁遭到过这种命运呢？"突然，公主耳朵里传来王子的怒吼，原来这位卖花姑娘又是王子变的。

公主连忙跪下来，请求饶恕，又发誓今后不再这样恶毒地对待别人。"否则就叫我变成石头好了。"她假意诅咒自己说。

日子就这样过去了。一天晚上，公主要去参加宫中盛大的宴会。她在镜子面前走来走去，欣赏着自己的美丽。仆人们捧着各种名贵的食品从她身边走过。这时，不知哪儿来的一个可怜的乞丐走到她身边，伸出肮脏的手向公主乞讨一小片面包。

"滚开，懒惰的人！"公主气恼得喊叫起来，"我没有面包给你这样的赃鬼！"公主转身去照镜子，镜子挂得太高了，她看不清楚。正在焦急之时，刚巧一个仆人捧着一盘面包走过来，公主就命令他把面包放在镜子面前的地板上，她抬脚踩在面包上。乞丐一见，又向她乞讨："哦，善良的公主，求求你把你脚下的面包丢给我一片吧。"

"这个面包不是为你这种下贱的人烤的！"公主恶狠狠地说。但是她还没把话说完，就发不出声音来了。站在面包上，变成了石头。

王子当即走到阿兰卡身边，把她变成一个和从前一样年轻漂亮的姑娘。

于是，这个可怜的伐木人的女儿就乘上华丽的马车，作为高贵王子的新娘走了。他们到了仙人国就结了婚。由于她受的苦大多而王子的品德十分高尚，她得到了应有的幸福。

直到现在还可以看见一个公主的石像在托开山的山顶上。

火　马

很久以前有一个老人，他有三个儿子。其中，两个大儿子都很精明，但最小的那个不仅性格愚直而且长得也没有灵气。

这个愚呆的小儿子叫约翰，每天都过得简单快乐，凡事要求不高。

现在，父亲耕种了一块地，庄稼生长得很好，而且已经结满了麦穗。但不知为何，每晚都有人来破坏麦田。

为了捉住这个贼，父亲便对他的儿子们说道："好儿子，夜里你们轮流到田里去，好好看守着，设法把这个小贼捉住。"

第一天夜里，大儿子出去。但快到半夜时，他觉得很困，便睡着了。第二天早晨，他回到家里说道："我整夜都没有合眼，冻得都快成一根冰棒了，但我还是没有看见那贼人的踪影。"

第二天夜里，二儿子出发了，他也在田里睡了一夜，回家时也同他哥哥一样，编造了一个谎言来哄骗他的父亲。

第三天，轮着那个愚直的小儿子约翰去守夜了。他带了一根绳子，坐在田边看守着麦田。快到午夜时分，他也想睡了，但他拿起小刀，在自己的指头上割了一刀，并在伤口上撒了盐，于是瞌睡虫便飞走了，他也立马清醒了起来。

刚到午夜时，大地突然震动了一下，一阵风吹来，有一匹马从天上飞了下来，它的翅膀是由火焰构成的，它在麦田中休息，鼻子里喷出的是云雾，眼睛里闪过的是雷电。那匹马开始吃起麦来，但被他毁坏的比它所吃的还多。

那愚直的小儿子不知深浅地慢慢地向马靠近，然后突然地骑在它身上，把绳子环在了它的颈上。马用力地一下下跳动着，一会儿跑，一会儿停，但都不能挣脱身上的束缚。愚直的约翰紧紧地抓着它，丝毫不肯放松。

后来马挣扎得倦了，好言恳求道："约翰，我的小朋友，放了我吧，如果你肯放了我，我愿意为你办一件事。"

约翰道："好的，但怎样我才能再找到你呢？"

马说："当你需要我时，你可到田里来，叫啸三次，然后叫道：'火马，火马！快来！'我便会立刻赶到你面前。"

约翰很实在，他把马放了，并且没提什么要求，只是请求它不要再损坏他家的麦田了。

回家以后，他的两个哥哥问道："你看见了什么？你昨晚干什么了？"

约翰回答："我看见了一匹火马。然后我捉住了它，使它答应从此再也不来糟踏我们的田。"他并没有把所有的事都告诉他们，而他们则耻笑了他们愚笨的弟弟一顿，但此后果然没有人再来糟踏麦田了。

几天之后，国王差了人在全国各地发通告："各位贵族，公民，富商以及农民！我们的国王要举行一次盛大的宴会，邀请所有人都去赴宴。这宴会要举行三天。勇敢的小伙子们，请把你们最好的马带上。国王美艳无比的独生女，将坐在一座塔内。谁能让马跳得和塔一样高，能和公主面对面，并且从她的手上脱下一枚戒指，国王将把公主嫁给他。"

约翰的两个哥哥出发去赴宴了，他们并不想去参加那个比试，只是去看看热闹罢了。

约翰求他们带他一起去。他们问道："为什么带你去，我愚笨的弟弟？难道你想要大家被你那丑陋的脸吓坏吗？老实地呆在家里吧。"于是两个哥哥骑上他们的马出发了。

但约翰到了田中，叫了他的火马来。不知它如何办到的，没多久，火马真的就站在了约翰面前。于是约翰骑上了它。而且一上马，他的脸就变了，他变成了一个十分俊美的人，没有人会相信他就是又笨又丑的约翰。于是他扬了下马鞭，匆匆地赶去赴宴了。

他看见在宫殿前面的空地上，聚集了一大群人。公主坐在高塔上，有着如花美貌，她的戒指在阳光下闪闪发光。没有一个人有胆量能跳到高塔上。

但你看，这是谁在举手？当然是我们的约翰！他的双腿紧紧地夹住马，马响亮地嘶叫了一声，突然一跃而起，离塔顶只有三步之远。百姓们都惊讶地张开了嘴。

但约翰牵回马头，往回奔走了。在路上他遇见了他的两个哥哥，但一瞬间，他便超过了他们，不见了。

当他回到田间，跳下马，立刻又成了愚呆的约翰了。他把马放了，然后独自回家了。

傍晚，他的两个哥哥也回来了，他们向他父亲讲述了日里发生的一切，并对此啧啧称奇。但约翰只是默默地听着，一言不发。

第二天，他的两位哥哥又去赴宴了，他们仍旧不肯带上约翰。

约翰到了田中，叫来了他的火马，骑上马后便赶去赴宴。当他走近王宫时，见来的人比昨天还多。每个人都注视着公主，欣赏着她的美貌，但没有一个人敢去尝试。

约翰又用膝盖紧紧地夹住了他的马，并让它跳上去。这一次只有两步之差。百姓们更加惊奇了。约翰这一次比上次更快地飞跑回了田间。

第三天他又来了。但这一次他狠狠地在马身上打了一下……于是那马运用神力跳入了空中，竟达到了塔顶。约翰从公主那里取得了戒指，但他又立马飞奔回家了。

所有人都在后面大喊道："喂，停下！停下！"国王、王后，以及在场的所有人都这样地大喊……但他已经消失得无影无踪了。

约翰回到家里，把手用布包了起来。家中女仆问他道："你的手没事吧！"

约翰一面用火烘着身体，一面答道："我摘樱桃时，手被刺了一下，没事的。"

两个哥哥没多久也到家了，他们把今日发生在城里的事向父亲说了一遍。

这时，约翰想要看看他的戒指，但他刚解开布露出那枚戒指，整个屋子都被照亮了。

他的哥哥们向他喊道："呆子！不许再玩火了！你这个没用的人，现在，差点把房子烧了。我们早就应该把你赶走了。"

三天过去了，国王又派使者来通告大家说，现在国王又要举行一次新的宴会。所有人都必须去赴宴，否则就要被砍下脑袋。

没有办法，父亲只得把家里人都带去赴宴。他们吃着喝着，玩得非常开心。

当宴会快要结束时，公主亲自将蜜水倒给在场的所有人。约翰也得了些。但这时，约翰穿的是破衣，披头散发，全身没有一处干净的，手上还包着破布，他是一个很难看的少年。

公主问道："少年，为什么把手包裹起来？能让我看看你的手吗？"

约翰解开了破布，他的手指上戴着公主的戒指。公主把戒指摘了下来，并把约翰领到了她父亲面前，说道："父亲，这就是我的新郎。"于是约翰被带去沐浴梳洗，等换上新衣，他简直就是一个美少年，连他的家人也认不出他了。

于是国王下令为公主举行婚礼，大宴整整摆了七天七夜。

自私的巨人

每天下午，孩子们放学后总喜欢去巨人的花园里玩。

这是一个很可爱的大花园，园里到处都是柔嫩的青草，美丽的鲜花随处可见，星星似的；草地上还长着十二棵桃树，春天到来时会开出淡红色和珍珠色的鲜花，秋天里则结下累累果实；小鸟们站在树枝上唱着悦耳的歌声。每当这时，孩子们都停止了游戏来听它们歌唱。"我们多么快乐啊！"孩子们互相欢叫。

一天，巨人回来了。之前他去看望自己的妖怪朋友，就是康华尔地方的那个吃人鬼。在妖怪家里一住就是七年。在七年里，他把要讲的话都讲完了（因为他说话的能力是有限的），之后他便决定回家去。进了家门，正看见小孩们正在他的花园里玩。

"你们在这儿干什么？"他粗声粗气地吼叫起来，小孩子们都吓得跑开了。

"我的花园就是我自己的花园，"巨人说，"谁都清楚，除了我自己，我不允许任何人在里面玩。"他沿着花园筑起一堵高高的围墙，还挂起一块布告牌来：

闲人莫入
违者重惩

他的确是一个非常自私的巨人。

从此可怜的孩子们没有了玩耍的地方，他们只得勉强在街上玩耍。但是街道上满是尘土，处处都是坚硬的石子，他们并不喜欢这里。放学后他们仍常常在高耸的围墙外徘徊，而且谈论墙里面的美丽的花园。"在里面我们多么快乐啊！"他们都这样说。

春天又来了，整个乡村到处开放着小花，到处都有小鸟在歌唱。然而只有自私的巨人的花园里却仍旧是冬天的景象。由于看不见孩子们，鸟儿不愿在他的花园里唱歌，树木也没有开花。有一朵花儿从草中探出头来，可是当它看见那块布告牌，它对孩子们的遭遇深感同情，于是它马上就缩回去又睡觉了。只有雪和霜对此乐不可支，他们嚷道："春天已忘记了这座花园，所以一年到头我们都可以住在这儿。"雪用她那巨大的白色斗篷把草地盖得严严实实，霜把所有的树枝都涂成了银色，随后他们还邀来北风北风同住。北风应邀而至，身上裹着皮衣，他对着花园呼啸了整整一天，甚至把烟囱管帽也吹倒了。他说："这是个令人开心的地方，我们还要请雹来这儿玩。"于是，冰雹来了。每天他总要在这里的屋顶上闹腾上三个钟头，房上的石板瓦被砸得七零八落，然后他又在花园里用力地转圈跑。他浑身上下灰蒙蒙，和冰有一样的气息。

"我真弄不懂春天为什么迟迟不来，"巨人坐在窗前，外面冰天雪地的花园，自言自语道，"我真希望不久之后天气就会变好。"

然而春天再也没有出现，夏天也没有到来，秋天把金色的硕果送给了千家万户的花园，但巨人的花园却什么都没有。"他太自私了。"秋天说。就这样，巨人的花园里是终年的冬天，此外还有北风、雹、霜、雪，他们快乐地在树丛中舞蹈。

一日清晨巨人睁着双眼躺在床上，醒来忽然听到了美妙的音乐。音乐悦耳动听，他还以为一定是国王的乐队从他的门外经过，原来不过是一只小红雀站在他的窗外歌唱。只因巨人好长时间没听到鸟儿在花园中歌唱，所以他才会觉得这是全世界中最美妙的乐曲。这时，巨人头顶上的冰雹已不再狂舞，北风也停止了吼叫，缕缕芳香透过敞开的窗户飘到他的鼻端。"我相信春天终于来到了。"巨人说着便跳下床去看窗外看一看。

他看见了什么呢？

他看到一幕动人的景象：孩子们从墙角一个小洞里爬进园子。正坐在树枝上，每一棵树上都有一个小孩。迎来了孩子的树木欣喜若狂，用花朵把自己装饰一番，还挥动手臂轻轻抚摸孩子们的头；鸟儿们也欢乐地到处飞舞欢歌；花朵也纷纷从草地里伸出头来，大声欢笑。这的确是一幅动人的画面。只剩一个角落里仍然留着冬天，那是花园中最远的一个角落，一个小孩子正站在那里。因为他个头太小爬不上树，他就在树旁转来转去，伤心地哭着。那棵可怜的树仍被霜雪裹得严严实实的，北风还在树顶上盘缠。"快爬上来呀，小孩子。"树边对孩子说，并尽可能地垂下枝条，但孩子还是太小了。

此情此景深深地感化了巨人的心。他对自己说："我是多么自私啊！现在我明白为什么春天迟迟不肯到来这儿了。我要把那可怜的孩子抱上树，然后我要把墙拆掉，让我的花园永远成为孩子们的游戏场所。"他确实为他以前的行为感到后悔。

巨人轻轻地走下楼，悄悄地打开门，走进院子里。但是孩子们一看巨人，就非常害怕，马上全逃走了，花园里又恢复了冬天的景象。唯有那个小男孩没有跑，但是他的眼里却充满了泪水，他便看不见巨人向他走过来。巨人悄悄来到小孩的身后，轻轻地把他抱起放到树上去。树儿立即怒放出朵朵鲜花，鸟儿们也在树枝上大声歌唱。小男孩伸出双臂搂着巨人的脖子，抱住巨人亲了亲他。其他孩子看见巨人不再那么凶恶，便都跑了回来。春天也跟着小孩们的步伐来了。巨人对孩子们说："孩子们，这是你们的花园了。"然后他拿着一把大斧，砍倒了围墙。中午人们去赶集的时候，路过这里，他们看见巨人和孩子们一起在他们所见到的最美丽的花园里面玩。

他们玩了整整一天，天黑了下来，孩子们便来向巨人告别。

"可你们的那个小伙伴在哪儿呢？就是那个被我放到树上面的孩子。"巨人最爱那个男孩，因为那个小孩子曾经吻过他。

"我们不知道啊，他可能已经走了。"其他小孩们回答。

"你们一定要告诉他，叫他明天一定要来这儿玩。"巨人嘱咐道，但是孩子们告诉巨人他们不知道小男孩家住何处，而且他们以前从未见过他；巨人感到很失落。

每天下午，孩子们一放学，都来找巨人玩。可是巨人喜欢的那个小孩却再也没来了。巨人对每一个小孩都非常友善，可是他仍然非常思念他的第一个小朋友，还常常提起他。"我真想再见到他啊！"他时常这样说。

许多年过去了，巨人变得年迈而体弱。他不能再和孩子们一起儿玩了，只能坐在一把巨大的扶手椅上，看着孩子们玩各种游戏，同时也欣赏自己的花园。他说："我有好多美丽的鲜花，可是孩子们是最美丽的花朵。"

冬天的一个早晨，当他起床穿衣的时候，向窗外望了一下。现在他已不讨厌冬天了，因为他知道这只是春天在睡眠，花在休息罢了。

突然，他惊讶地揉揉眼，并且再次向窗外看了看。眼前的景色真是美妙无比：园子里最远的一个角落里有一棵树上开满了逗人喜爱的白花。树枝都是黄金的，枝头上垂挂着银色的果实，而他最喜欢的那个小孩就站在这棵树下。

巨人激动地跑下楼，进入花园。他急匆匆地跑过草地，跑到小孩身边去。来到孩子面前，他的脸都愤怒地红了，他问道："谁敢把你弄成这样？"因为小孩的两只手掌心上有两个钉痕，他的一双小脚上也同样有两个钉痕。

"谁敢把你弄成这样？我立刻去拿我的大刀杀死他。"巨人大叫道。

"不要！"小孩回答说，"这些都是爱的伤痕啊！"

"你是谁？"巨人说，心中油然生出一种奇特的敬畏之情，就在小孩面前跪了下来。

小男孩面带笑容地看着巨人说道："有一次你让我在你的园子里玩耍，今天我要带你去我的花园，那里就是天堂啊！"

那天下午孩子们跑进花园的时候，他们看到巨人躺在一棵树下，已经死了，满身盖满了白花。

一群害重伤风的动物

很久以前，有一只猫，他得了重伤风，所有的药都不能医好它，他再也发不出"咪呜""咪呜"的声音了。

他说："我必须到仁慈的圣盖律匈面前去祈祷。"

他走啊走，走了很久，在路上他遇到了一只公鸡。

公鸡问："猫，你要去哪里啊？"

猫回答说："我得了重伤风，正要到仁慈的圣盖律匈那里去祈祷。"

"我也是，我也患了重伤风，现在我都不能歌唱了，我跟你一块儿去吧。"

"好吧！那我们一起出发吧！"

他俩走了没多久，遇到了一只鹅，鹅问他们：

"你们要去哪里啊？"

"我们要到仁慈的圣盖律匈那里去祈祷，求他把我们的重伤风治好。"

"真的，我也是呀，我都不能发出'共加''共加'的叫声了，我也要到那里去。"

于是他们三个就一块儿出发了。走过一段路后，他们遇到了一只山羊。山羊问：

"你们三个这是要去哪里啊？"

"我们都患了重伤风。要去向仁慈的圣盖律匈祈祷。"

山羊说："真的，太好了，我也不能'咩咩'地叫了。"

"那和我们一起走吧！"

在路上他们又遇到了一只山鸡和一只绵羊。山鸡和绵羊也得了重伤风，便也加入了他们的队伍。

他们又遇到了一只狗，并告诉了他，他们要去的地方。

狗就说："真的，我也得了重伤风，现在我不能'汪汪'地叫了，我也要加入你们。"

于是，他们七个一块儿到了圣盖律匈面前，并且非常诚心地祈祷了一番，然后就回去了。

猫说："现在，我们要去哪儿吃晚饭呢？"

傍晚时分，他们看见森林里有火光，就朝着发光的地方走去。在那里，他们找到了一间没人住的小屋子。这是狼的房子，但他现在不在家里。

公鸡说："有什么可以吃的吗？"

猫回答说："你看，这里有土豆，我们可以用它来烧一锅饭。"

等土豆烧好后，这些动物就在锅子周围坐了下来，把土豆吃得干干净净。然而他们把土豆皮丢在了灶膛里。

猫说："现在，我们已经吃饱喝足了，应该各自找个地方睡了，屋子里很舒服。灶膛里就留给我睡吧！"

公鸡说："我要睡在灶头上烘烤衣服的那根竹竿上。"

鹅说："我呢，我要躺在床上。"

绵羊说："桌子底下就留给我吧！"

山羊说："那我就选桌子上面。"

山鸡睡在了水沟上面，而狗则睡在门背后。

当他们都睡好后，天也完全黑了下来，狼也回到了家里。他走到灶旁，想吃点东西当晚饭，但他只找到一些土豆皮。他想点个火，便拿起一根稻草向有光的地方靠近，他以为是煤炭，原来是猫的眼睛。猫狠狠地在他嘴边抓了一下。这时，那只公鸡也把一些东西掉在了狼的眼睛上。狼来到床边想要睡觉，鹅就用她的翅膀重重地拍打了他几下。他连忙退到桌子旁边，此时绵羊就用他的头撞他，山羊就用他的角刺他。他来到水沟边，山鸡就用他长长的嘴啄了他的屁股。他立刻向门外逃走，而在门背后，狗突然窜出来恶狠狠地咬了他一口。

终于狼逃到了外面，并又遇到了另外一只狼，那只狼问他：

"你从哪来呀？"

"唉！不要提了！我刚从家里出来，我本想去吃些放在灶膛里的土豆，但我只找到一些土豆皮。我想把稻草点燃，好把屋子照亮了，却碰到一个女厨子，我的嘴被她的叉子戳了两下。而且在灶膛里有一个石灰客人，我的眼睛被撒了一把石灰。我走到床边，想去睡觉，在那里有一个洗衣妇我被她的洗衣棒打了一顿。我又走到桌子旁边，那有一个劈柴的人他用大木槌打我，还有一个堆稻草的女人用大木叉狠狠地戳了我一下。我又走到门背后，唉！天啊，那里竟然还有一位铁匠用他的铁钳钳我的屁股。幸运的是，我从屋子里逃了出来，以后，我再也不回去了。"

而那些动物在狼的屋子里美美地睡了一夜，天亮时分他们便走了。而他们的重伤风也早就已经好了。

大狼、公猪、母鸭和母鹅

很久以前，有一只公猪、一只母鸭和一只母鹅。那只公猪是属于窦皮奈太太的，那只母鸭则是李芒东太太的，而那只母鹅是贝雷妈妈的。

在狂欢节的前一天，窦皮奈太太、李芒东太太和贝雷妈妈一起在池塘里洗衣服，而那只母鸭就在边上戏水。

窦皮奈太太说："明天就是狂欢节了，我要把猪杀了，做成菜后好好地吃上一顿。"

李芒东太太说："明天，我们家也有宴会，我要杀掉我家的母鸭，她已经长得很肥了。"

贝雷妈妈也开口了："我家也一样，我要杀掉我的母鹅，这样，我们就可以过一个丰盛的狂欢节了。"

母鸭把她们的话一字不差地都听了去。于是她就拼命地跑回去告诉她的两位朋友这个坏消息。她先找到了母鹅，对她说：

"鹅妈妈，明天狂欢节的时候，贝雷妈妈要把你杀了吃掉，而窦皮奈太太则要杀了猪爸爸。我们赶快去把这事告诉他吧。"

于是母鸭和母鹅向公猪那跑去。

"猪爸爸，明天狂欢节的时候，人们要吃掉你，也要杀死我们俩个。我们该如何是好啊？"

猪说："隆！隆！……鹅妈妈，鸭妈妈，快点儿我们赶快逃到白桦林里去。"

于是这三个好朋友就向白桦林拼命地跑去。到了树林里，母鸭说：

"我太累了，已经走不动了……"

"鸭妈妈，你就在这里造一间房子住下吧！"另外两个打算继续往前走的朋友和她说。

于是母鸭就在附近拾了一些稻草、细树枝和树叶，并用它们造了一间小房子。

母鹅和公猪继续走了一段路后，母鹅说：

"我也累得走不动了。"

"鹅妈妈，那你就在这里造一间房子吧。"猪向她说罢，就独自一人继续向前走去。

母鹅找到了一些树枝，用交叉编织的方法搭成了一间小房子。

独自走了一会儿，公猪也停了下来。他用找来的大石头，筑成了坚固的墙壁；他又在墙顶上钉了一些木板。房子造好后，他还把几个大钉子钉在了屋顶上，而且是尖端朝天的。

但在这座树林里住着一只大狼，他想把他们都吃了。

大狼暗自高兴道："哈！哈！哈！真是天助我也，竟然把这三个美味的食物送到了我的面前。"

他立刻跑到母鸭的小房子前面。

"嘭，嘭，嘭！母鸭，把门打开。要不然，我就爬到屋顶上去了。

"我要跳上屋顶，在上面跳舞，弄塌你的房子！"

母鸭说："那你就试试看吧，我不怕你。"

于是大狼上了屋顶，他跳着，蹦着，把房子震塌了。可是母鸭早已逃到了鹅妈妈的家里。

大狼也紧跟着来到了鹅妈妈的小房子前。

"嘭，嘭，嘭！母鹅，快把门打开。要不然，我就跳到你的屋顶上去喽！

"我要跳上屋顶，在那上面跳舞，弄塌你的屋子！"

鹅妈妈说："你就跳上去吧，我才不会怕你。"

于是大狼跳上了屋顶，他跳着，蹦着，小房子塌了，而母鸭和母鹅早已逃到了公猪的家里。

于是大狼也追到了公猪的房子前。

"公猪，公猪，快给我开门。要不然，我要到你屋顶上去了。

"我要跳上屋顶，在那上面跳舞，弄塌你的房子！"

公猪说："那你就爬吧，我不怕你。"

于是大狼又上了屋顶，他跳着，可钉头刺到了他的脚，每跳一下，就被刺一下。

大狼痛苦地叫喊："啊唷！啊唷！啊唷！我的脚啊！好疼啊！"

他连忙从屋顶跳了下来，公猪、母鸭和母鹅都笑了，使劲地对着他狂笑。

大狼从一个小小的窗洞向里望了望，看见在一个很旺的火堆旁公猪、母鸭和母鹅正在烤火。

于是大狼骗他们道："公猪，公猪，我快冻死了，让我进去，烤一烤火吧！"

"不行，你要是进来把我们吃掉了怎么办。"

"那么，就光烤一下我的尾巴尖吧！"

猪就把房门推开了一条缝，然后大狼把他的尾巴伸了进去。猪把狼的尾巴紧紧地夹在了门缝里，但大狼不敢叫痛。

不久大狼又说："现在，我的尾巴已经烤暖了，让我的两只后腿也伸进来烤烤吧。"

于是公猪又让狼的两只后腿伸了进来，然后用门紧紧地夹住狼的腰。母鸭和母鹅就用嘴啄着狼的屁股，狼还是不敢叫痛。

又过了一会儿，大狼说："现在，我的后半身都烤暖了，就让我的前脚伸进来烤烤火吧。"

公猪让大狼的前半身也伸了进来，然后用门夹住了他的脖子，弄得狼几乎无法呼吸了。

大狼说："现在，我的前半身也都已烤暖了，让我的头也进来烤烤吧。"

于是公猪敞开了房门让狼进来，狼进了屋子，高兴地说道：

"现在，我要把你们三个都吃掉。"

公猪说："唉！狼啊，我已经看见主人法莱巴先生的猎狗了，它正往这里赶来，你快完蛋啦！"

大狼连忙恳求说："快把我藏起来吧！"

"好，那你躲到面包箱里去吧。"

于是，大狼就跳进了面包箱，公猪立刻把箱子关紧了，然后拿起一个锥子，在箱盖上凿了几个洞。

大狼问："那是什么声音?"

公猪说："别出声，别出声。这是法莱巴先生的猎狗用脚刮箱子找你的声音。"

然后公猪又端起了一大锅煮沸的热水，从洞孔倒进了面包箱里。

大狼痛得大声喊道："啊唷！啊唷！啊唷！烫死我了，烫死我了!"

公猪说："安静点，安静点。法莱巴先生的猎狗正在面包箱上撒尿呢。"

公猪继续把开水倒了进去，终于大狼烫死了。然后三个朋友齐心协力把他从面包箱里弄了出来，扔到了门外。

从此，他们就在公猪的房子里，平安幸福地生活着。

处女王

有一个国王。他是一个非常聪明的国王，他执政清明公正，全国的百姓都听从他的命令。并且他有三个儿子。

事情是这样发生的：国王的双眼失明了，并且疾病缠身，他的身体越来越衰弱。三个儿子在一起商量了一下，然后到了他们父亲跟前。他们对他说道："父亲，难道你的眼睛就没有药可以使它们复明么？难道你的疾病就没有药可以使之痊愈么？请你告诉我们，即使冒着生命的危险，我们也会去寻找一种可以治好你的药。"国王答道："即然如此，你们就到处女王的花园里去采些果子来，只有那里的果子才能够治好我的眼和我的病。"

于是三个儿子又商量了一下，大儿子第一个出发去采这种果子。他骑上一匹好马，带了兵器就上路了。他走过我们这里的山（即高加索山），又走过别处的山，再经过几个国家。后来他遇到了一位老人，胡须都斑白了，坐在那里修补着被太阳的热力晒裂了的土路。大儿子对老人道，"老人家，你好呀，你的工作是白费力气的。"老人回道："你也好呀，我的孩子，你这样做也是白费力气的！"

我们的英雄催着马再向前走去。最后他到了一个地方，在那里河里流着的是牛乳，葡萄在冬天成熟。他找到了几座美丽的花园，花园中结满许许多多的奇果。他想道："如果处女王有花园的话，那么这些一定就是她的了。"于是他摘了许多果子，满满地装了一背袋，然后催着马回家了。他叫道："父亲，你好呀！"然后把他的背囊献给了他。国王问道："我的孩子，你好呀，为什么你回来得这么快呢？"大儿子回道："父亲，我到了一个地方，在那里河里流着的是乳汁，葡萄在冬天成熟。我在那里找到了几座美丽的花园。我想，如果处女王有什么花园的话，这些花园就一定是她的了。所以我摘了些果子给你，现在都在这里了。"

国王愁眉苦脸地答道："唉！我的孩子，处女王的花园离这里还很远，很远呢。你到的那个地方，我也知道；我年轻时常到那里去，我到那里，还不用煮熟汤团那么久的时间呢。"

于是第二个儿子出发了。他骑上了好马，带了精良的兵器，催着马出发了。在路上，他也遇见了那个修补裂路的老人。二儿子道："你好，老人家！你这样做是白费力气的！"老人答道："你也好，我的孩子，你的工作也是白费力气的！"于是我们的英雄继续催着马向前走去，他走过了那个葡萄在冬天成熟的地方，来到了一个河里流着香油，泥土和灰尘都没到膝盖的地方。他在那里看见了好些花园。见了这些花园后，他竟然忘了以前见过的所有的花园。长在那里的果子都比得上天国的果子了。他采满了一背袋的果子，然后催马回家了。他说道："父亲，你好！"然后将背袋献给了他的父亲。国王道："你好，我的孩子。为什么你回来得这么快？"二儿子说道："父亲，我走过河里流着乳汁，葡萄在冬天成熟的地方，到了一个河里流着香油，泥土没到我的膝盖，空中飞满了灰尘的地方。在那里，我寻到了一座花园，好像天国的乐园一样。我想，这一定是处女王的花园了，所以我摘了些果子，现在献给你。"

国王叹息道："唉！唉！我的孩子！我年少的时候，常常到你所到的那个地方去，而且只要吃一筒烟的功夫就到了。但是处女王的花园，还远着呢，远着呢。"现在轮到三儿子出发了。他走了许久，同样遇到了那个修路的老人。他说道："你好，老人家，祝愿你的工作成功！"老人答道："你也好，我的孩子，祝你的工作也成功。"少年问道："你没有什么话要提醒我么，老人家？我去处女王的花园，去摘些果子回来。"老人道："自然是有的，我的孩子。我不仅要告诉你一件需要注意的事，而且要告诉你三件。现在听我说！你要经过流着乳汁的河，流着香油的河，再经过流着甜蜜的河。从那里再走上你先前走过的那么长的路，然后你到了一个有着一个水晶塔、一个银塔和一个金塔的地方，这三个塔都是高耸入云的。

"而这些塔就是处女王住的地方。塔门上有一把铁锁，你不要以为可以用手来开这锁。那是不行的，你必须用锥头把一枚铁钉钉入木中，再用这铁钉来开锁。当你到了花园中，你必须用草把你的脚包裹起来。采果子时，不要用你的手，而要拿一根木棒去采它们。"少年谢道："谢谢你，老人家！"然后他催马向前走去。经过了乳河，经过了油河，又经过了蜜河，他在傍晚时到了处女王的塔下了。

他把马系在了路旁的木杆上，然后钉了一枚铁钉在木片上，便去开锁了。锁叫道："铁打赢了我，铁打赢了我！"处女王在塔内说道："如果不是铁自己，那么什么东西会打赢铁呢？安静点让我睡吧！"她以为锁在相互打架。少年用草包裹了自己的脚，走进花园。

园里的草便叫道："草打赢了我！草打赢了我！"处女王道："自然是草打赢了草。让我睡吧！"（她以为园中的草在相互打压）。然后三儿子用木杆把果子摘了下来。园中所有的树木都叫道："木打赢了我，木打赢了我！"处女王道："木打胜了木，那是自然的。"（她以为一根树枝与别的树枝发生了磨擦）。

少年已经把果子采了下来，跨上了马，正打算回家，忽然生出一个念头来，他要见见处女王，即使冒着生命的危险。所以他延着梯子上了塔，进了处女王的房间，看了看她。处女王躺在金床上，她眉目如星光般璀璨，面颊如月光般洁白纯美。金灯银灯立在她的两旁；在房子的中间，放着一张桌子，桌上有各种各样的食物，以及各种美酒。他想要让处女王知道他曾来过这里，便吃了些食物，喝了些酒，还吻了熟睡的女王三次，又轻轻地咬了她的面颊一下，但她没有醒。于是他出了塔，上马回家了。

他说："父亲，你好。"说时，便献上了他的背袋。父亲道："你好，我的孩子，你回来了？"少年道："父亲，我到了处女王的花园，带来了那里的果子给你：希望它真的能医好你的病。"

国王尝了尝果子，说道："你办得很好，我的孩子；不久我的双眼就能重见光明，我的病体也可复原了。"再说处女王第二天睡醒时，在镜中，看到了少年咬她脸颊时留下的牙印。然后，她又见有人吃过桌上的酒和食物。

她回过头向镜子问道："谁曾来过这里？"镜子把少年的事都告诉了她。处女王是七个国家的国王，于是她召集了七国的军队，向着老国王的国家出发了。

她扎营在老国王的都城外边，叫了一个使者对老国王说，他必须马上把偷摘她园中果子的人送来交给她。

起初，是大儿子出来，说果子是他偷的。处女王对大儿子问道："听我说，勇敢的夸口者，你是怎么采到这果的？"他答道："我怎么采到这果的？当然，是用我的手。"她说道："我的朋友，你说错了，回家去吧。"

于是二儿子出来了，但他也被处女王打发回去了。最后三儿子出来了。

她问他道："听我说，勇敢的夸口者，是你采了我园中的果子么？"三王子回答道："不是我还有谁呢？"她又问道："你是怎么采的？"他便照实告诉了她采法。于是她站起身来，当着众人的面，吻了他三下，咬了他的脸颊一下。然后又吻了和咬了他另一边的面颊，说道："我要向他报仇，并且要加倍地报复他。"

最终他们手挽着手到了老国王那里。处女王用手摸了摸他的脸，又用手摸了摸他的身体。立刻，他的眼重见光明了，他的病也痊愈了。他变得如同水牛一样的健壮。然后三儿子与处女王结婚了。他们生的男孩都像他们的父亲一样勇敢，生的女孩都像他们的母亲一样美丽动人。他们到现在都还快乐而满足的活着。

三　愿

很久以前，有一个寡妇，她听人说，如果在拉马顿斋节的第十五个夜晚，向上帝求三个愿望，那么上帝一定会让愿望成真的。

这位寡妇焦急地等待着拉马顿斋节的来临，她说道："唉！希望拉马顿节早点来临！"

谁知道她究竟等了多少时候呢？但拉马顿节终于来了，不久节后的第十五个夜晚也到了。午夜时分，这位寡妇向上帝祈求她的第一个愿望："呵，上帝，请把我儿子的头颅变得大些吧！"

她的第一个愿望立刻实现了：没多久，她儿子的头颅就变得如一只铁锅那么大。

寡妇几乎不相信自己的眼睛，但事实就是如此，她害怕起来，立刻向上帝请求第二个愿望："上帝！让我儿子的头颅变得小些吧！"于是她儿子的头颅渐渐地变小了，变小了，一直变到一粒谷一样的小！

现在，那位好妇人的神智终于清楚了，她说出了她的第三个愿望："万能的上帝！使我儿子的头颅变得和以前一样大吧！"

这个愿望也立刻实现了。

忠　仆

很久以前有一个国王，他有三个儿子。现在他要考验一下他们，看看他们三人中谁是最聪明的，于是他给了每人五六百个卢布，说道："把这些钱拿去吧，随你们怎么用，也可以好好地娱乐一下。"

那两个哥哥，拿了钱，就开始呼朋唤友，大家一起快活了几天，不久把钱都用完了。最小的那个儿子，也去找了朋友，但没有一个合意的人，可以让他把钱用在有用的地方。

他经过一个墓地，看见一个人在用木棒击打一座坟。他走近那人，问他为什么要打这墓。那人答道："埋在这坟中的死人曾欠了我七十个卢布没有还，所以我要羞辱他的墓。"那个最小的儿子立刻取出钱袋来，拿了七十个卢布出来给他，叫他不要再做这种可耻的事，要让死者安息。

然后小儿子回家了，但他很害怕，不敢告诉他父亲他用这些钱做了什么。两个哥哥也在这时从欢乐场中回来了。

三天之后，国王把他的三个儿叫到了他面前，问他们是怎么花的他们的钱，他们又遇到了什么事。两个大儿子讲了他们如何用这些钱，度过了几天快乐的日子。但最小的儿子告诉他说，他把钱用在坟地上。他还说道："除了把七十个卢布给了打坟的人以外，我没再花一个卢布。现在我还存着其余的钱。"

国王对他的两个大儿子很生气。但他大大地赞扬了他的小儿子，并且答应他在他死后，可以继承王位。国王还说道："但是现在，你必须先要有一个你自己的家，家用什么的，我都会给你。先去买些家具，然后还要雇一个仆人；但你所雇的人，须是一个在你吃饭时对他说道：'到这里来，和我一同吃吧.'而不肯答应的人。"

　　几天以后，小儿子便到市场上去雇佣一个仆人。他找到了一个，那天晚上，当他坐下吃饭时，他邀请他的仆人和他一同吃饭。仆人答应了。小儿子没有忘记他父亲的话，于是第二天便解雇了他，并且又雇了一个来。这一个仆人，在小儿子请他同桌吃饭时，也答应了，因此也被立刻辞退了。而第三个仆人却辞谢了他的邀请，他说道："吃饭么，主人？不，我要等你吃完了再吃。"不管小儿子多少次请他一同吃饭，这个仆人总是坚持道："我要等你吃完了再吃，主人。"小儿子自语道："这个就是我父亲所说的那个人了。我将留下他。"于是他用七十个卢布的薪水雇用了他。这个仆人真的是又能干，又聪明，小儿子十分喜欢他。

　　过了没多久，小儿子招集了一大队人打算到邻国去游历。并有两个商人依附在这个团队当中。那时，到邻国去的道路有两条，一条路，只要七天便能到，而另一条路，却要三个月。但短的那条路却是很危险的：无论谁走那条路，总会失踪不见，没有一个人知道他们到底去了哪里。但不管怎样，那个仆人却劝小儿子走这条短路。小儿子道："但是任何从这条短路走的人，最后都没有回来！"仆人道："你何必这么庸人自扰呢，我请求你走这条短路。"小儿子是十分喜欢这个仆人的，便听从了他的话，告诉大家说，他要选那条短路去邻国。两个依附在他们团队的商人，请求小儿子改变他的计划，但小儿子没同意。于是他们独自出发了。夜间，他们在某处扎起了帐蓬，吃了一顿饭，然后躺下休息了。仆人在那守夜。

　　到了午夜时分，小儿子的狗吠叫起来，仆人听见有人从树丛后对狗说道："狗呀，你的主人不久就要杀了你，他要把你的血擦在他的眼睛上，所以让我取些他的货物吧。"但狗没听他的，一直吠叫到天明，仆人也一直看守到那个时候。很快的，他们便毫无阻碍地到达了他们的目的地，卖了他们的货物，又买了新的货物。那两个商人，却是选择从长路来的，那时才方到那里。他们见小儿子的团队从短路经过而没有受害，感到十分诧异。那仆人邀请他们在回国时也加入小儿子的团队，走短路回去。

　　这一次，他们答应了，大家便一同回去。有一天夜里，他们把帐蓬又扎在小儿子们来时所扎的地方。每个人都熟睡了，只有那仆人在看守着，狗在午夜又吠叫了起来，仆人又听见树丛后面有人对狗说道："你的主人要杀了你，把你的血涂在他的眼睛上，还是让我拿了他的东西吧。"仆人叫醒小儿子，告诉他他是怎样的听见人声，并且他要去追那个人，还叫小儿子也跟着去。

小儿子道："好的，那你在前面领路吧。"于是仆人向发出声音的那个方向走去。不久，似乎看见有人从那里逃走了。于是他追在那人后面，看见那人突然地消失在了地面上。走近些时，他看见地面上有一个大洞。这时，小儿子也赶到了，仆人道："我要下到洞里去；你放一根绳子下去，然后吊上我绑在绳上的东西。"

当仆人爬下洞时，他看见整个洞都放满了金银，三个女郎坐在金银堆上，一个比一个美丽。她们问他道："你为什么会到这里来？这些东西都是属于七个狄孚的。我们也是他们的，他们把我们从三个不同的地方带到这里。如果他们看见了你，会把你吃下去的。"仆人问道："那么，他们现在在哪里？"女郎道："在那间房子里。"

仆人走了进去，把七个狄孚都杀了，并割下了他们的耳朵，包在布中，然后他把三个女郎带到了洞边，一个个地把她们缚在了绳上，叫小儿子把她们拉了上去。狄孚们所拥有的东西，都是从走短路的旅客们那里抢夺来的，而旅客们则被他们杀了。现在这些东西都被仆人一件件地缚在了绳端，叫小儿子拉了上去。当所有东西都被运完后，他把绳子绑在自己身上，然后被拉上去了。然后整个团队又出发了，他们把新得到的财宝以及三个女郎都带走了。财宝都载在骆驼上。

当小儿子到家时，他发现他父亲的双眼瞎了，他的姐姐也发疯了。他们之所以会生病，是因为在家时，听见有人说，三儿子选了短路走，他们以为他必死无疑，所以他们哭着，担心着，父亲的眼睛便瞎了，姐姐也发疯了。但过了没多久，仆人请三儿子和他一同去打猎。

他们走了一整天，但没有猎到一只动物。当他们深夜回家时，在路上仆人把猎狗杀了，并取出了手巾，把狗血涂了上去。然后他对三儿子道：

"不要为狗而悲伤。杀了就杀了，事过不久你便会忘了。"三儿子因为非常喜欢这仆人，便一句话也没说，就这样，他们回家了。两三天以后，仆人到了他主人那里，说道："我的雇佣期已经快到了。你们三兄弟，必须和我们从狄孚的洞中救出的那三个女郎结婚。"

于是，这事也照他的意思办了。大儿子和年纪最大的女郎结婚了，二儿子娶了第二大的女郎，三儿子则娶了最小的那个。不久，仆人的雇佣期满了。三儿子请求他再做下去，但被拒绝了，仆人拿了他的薪水，然后说道："来，我们到外面去散散步，因为我要告诉你一些事。"于是，他们到了外面，仆人向以前有人打坟的那个墓地走去。当他们走近时，他们见有光从墓中射出：这是一座新墓，新挖的。

仆人说道："我要试试看这墓适合不适合我。"说时，他便走进墓中，在里面躺了下来，正好合适。三儿子还说道："这墓看来好像是为你量身订做的。"仆人道："给我你的手，把我拉出去。"当三儿子向他伸出手时，仆人把他七十卢布的薪金以及沾了狗血的手巾放在了三儿子的手中，说道："把这血擦在你父亲的眼睛上；把狄孚们的耳朵放在水中煮了，然后把汤给你的姐姐喝；如此，你父亲的双目便会重见光明，你姐姐也会痊愈的。你父亲也将传位给你。"他刚说完，墓便合上了。

三儿子为他的仆人哭了，哭了许久，然后悲伤地回家了。但他还是照他仆人教他的话做了；他父亲的双眼果然重现光明了，他姐姐的疯病也好了。于是老国王禅位，他最小的儿子登基为王，很得百姓的爱戴。

红色鱼

这是一个神话故事。古时有一个国王，因年老体衰，双眼瞎了。

医生们告诉他说，在白海里，有一种颜色非常美丽的鱼，头上有一只角，名为"红色鱼"，如果能够把这条鱼捉来，将它的角擦在国王的双眼上，那么他便可以重见光明了。国王叫他的儿子和渔夫们一起去捉这条鱼；太子把渔夫们召集了起来，然后一同出发了。

整整两天，他们放网在海中，却没有得到任何东西。到了第三天，他们终于把红色鱼捉住了。但是这条鱼是如此的美丽，以至于他们都不忍下手去杀死它，于是他们把这条鱼又放回了大海。然后太子叫渔夫们发了一个恶毒的诅咒，叫他们回去后，一句话也不提到他们捉到过这条鱼的事。于是他们回家了。现在事情来了，有一天，太子因事打了一个黑奴一顿，而这个黑奴则是他父亲的仆役之一。他含恨地跑到国王那里，告诉他太子捉住红色鱼又把它放了这件事。国王为此十分地生气，便把他的儿子逐出了国。当太子向他母亲告别时，她对他说道："如果有一个人在路上跟着你走，那么你要停下来，等着他；如果他笔直地向你走来，你可以把他当作同伴；如果，在你吃饭时，他给你吃的比给他自己的还要多，那么你可以和他做普通朋友；如果在夜里，当你睡觉时，他要为你守夜，你可以先假装熟睡，看他是否真的没有阖眼去睡，如果是真的，那么，你便和他做好朋友。"然后太子向他母亲告别，到了国外。

在路上，他看见一个不认识的人，于是他按他母亲所教的那样去做了。那个陌生人在离他有几步远的地方跟着。夜里他们在同一块空地上睡——太子假装睡着了，但那个陌生人却醒着，整夜地看守着，没有去睡。

早晨，他们一同吃早饭时，那个陌生人放在太子面前的东西远比放在他自己面前的还要多，于是太子自语道："我将要和这个陌生人成为很好的朋友。"没过多久，他们到了一座城里，他们住在一个老妇人家里。他们问老妇人道："你们城里有什么新鲜事吗？"老妇人道："你是说新鲜事啊？我们的国王，有一个女儿，在七岁之前她是能够说话的，但过了七岁，她便变成了一个哑巴。

"国王下令说，如果有人能使她说话，他便把她嫁给这个人。但如果他试了却没有成功，那么他的头就要被砍下来。有许多人已经来试过了，可惜他们都没有成功——他们的骸骨都可以搭建成一间房子了。"当太子和他的朋友听了这话，他们决定要试试他们的运气。一大群人聚集在国王的宫中，等着看这个尝试。太子的朋友要求他们，在他向他们提出三个问题时，千万不要回答。然后他们全都走进了公主住的地方。而公主则在一个绒幕的后面坐着。太子的朋友开始讲故事了。

"很久以前，有一个裁缝师傅在外面旅行。半路上，有一个木匠加入了，与他成了同伴，后来又加入了一个牧师。他们在一座漆黑的森林中过夜。木匠是第一个看守人。当他觉得快要睡着时，他拿起了一块木头，把它雕成了一个孩子的样子。裁缝师傅是第二个看守人。当他觉得快要睡着时，他便动手为那木偶做了一套衣服，还把它们穿在了它的身上。牧师则是第三个看守人。当他看见这个孩子形状的木偶，又见它已穿了一身的衣服，于是他便恳求上帝给这孩子一个灵魂。上帝听见了他的祈祷，于是这个木偶活了过来。但到了早晨，三个人开始争吵起来，每个人都要这个孩子。木匠道：'他是属于我的。'裁缝师傅道：'不对，他是我的。'牧师道：'你们什么都不要抢，孩子是我的！'现在，各位，你们的意见是怎么样的？在这里的所有人，请告诉我，这个孩子应该属于谁的？"但没有一个人回答。说故事的人连问了好几次，还是没有一个人出声回答。这时公主忍受不了了，她在绒幕后叫道："你们为什么不回答？那孩子当然是属于牧师的！"所有的人都兴奋得大叫道："太好了！公主说话了。"于是国王把公主嫁给了太子。夜里当太子要到新娘那里去时，他的朋友告诉他不要把门锁上。当少年夫妇睡得正香时，那位朋友走了进来，看见一条大蛇游了进来。于是他用他的金钻刀把蛇杀死了。

第二天，所有人都知道了这件事。十天以后，太子便要辞行回家了。于是国王给了他十个男人，给了公主十个女仆，还有十只骆驼，载了满满的十箱珠宝。当他们到了太子的朋友上次加入他与他为伴的地方时，那位朋友对太子说道："现在我们必须把每件东西都平均分配一下。"太子很高兴地照办了。他们把每件东西都分成了两半，珠宝，男仆，还有女仆，只有公主没法分。那位朋友道："我们必须把她分成两半。"太子道："不，不，请不要杀死她！不如你把她都拿去吧。"但是没有用，他的朋友坚持要把公主分成两半。于是他们把公主绑在了一株树上，那位朋友把他的金钻刀取了出来，假装着要把公主的头劈为两半。她是如此的惊怕，以至于她竟然生病了……小蛇们从她的口中游了出来。那位朋友把他的刀又举了两次，然后把公主放了下来。他对太子说道："一条蛇爱上了她，每夜都和她睡在一起。公主因为吸入了蛇的气味，于是变成了哑巴，不久便要把这些小蛇生下来了。现在我必须和你告别了。我把我的那一份东西送给你。你的父亲双目失明了，从我的马的蹄子上取些泥土下来，擦在他眼睛上，他的眼睛便会恢复。你将不会再看见我，我就是你放了的那条红色鱼。"他刚说完，便消失不见了。

于是太子带着所有的东西，包括男仆、女仆、骆驼、珠宝和他的美丽妻子回家了。他用从他朋友马蹄上取下的泥土擦了擦他父亲的双眼，立刻他父亲又能看见东西了。现在……我们的故事结束。

渔夫的儿子

很久以前，有一个渔夫，他有一个儿子。有一天他要去捕鱼，便把他的儿子也带了去。他们到了一条大河边，渔夫撒下了网。这一网得了满满的一网鱼，他费了九牛二虎之力，才把网拖了上来。在这许多鱼当中，有一条血红色的奇鱼。

于是，他对他的儿子说道："我要回家把车子带来。你在这儿看着鱼，特别要注意那条红色的鱼，一刻也不要让它离开你的视线。"父亲走后，儿子把那条红色的鱼拿起来仔细地看了看，说道："杀了这样美丽的一条鱼实在是太可惜了，我还是把它放了吧！"于是他便把这条鱼放回了河里。这鱼却游近了岸旁，昂着头向他致谢，还从鳍中抽出一根鱼骨来，送给了他，并说道："因为你的好心把我放了，我送你这根鱼骨。如果你以后遇到什么困难，请到这条河的岸边来，把这根鱼骨取出，叫我的名字，我便会立刻出来帮助你。"少年收下了鱼骨，把它放在了衣袋里。那条红色的鱼便一摆它的尾，沉到河水深处，不见了。但是渔夫从家里回来后，得知儿子把那条红色鱼放走后，非常愤怒。他推开他的儿子让他离开，说道："赶快走。我这一生里再也不想看见你了。"于是渔夫的儿子只好走开了。

他走了没多久，便看见一只鹿向他跑来。它已经跑得非常疲倦了，但猎人与他们的猎狗已经追来了。少年的心里，很替这头鹿担忧，便一把捉住鹿的角，向猎人叫道："这是一只驯鹿，是我养的，你们不能来猎它。"猎人们相信了他的话，便转身走开了，当猎人们走远后，少年便把鹿放了。但鹿拔了一根毛发，送给少年，说道："因为你好心地救了我，作为回报我送给你这根毛发。如果你以后遇到了什么困难，可以把这根毛发从衣袋里取出来，叫我的名字，我便会立刻来帮助你。"少年收下了毛发，也放在了他的衣袋里，继续向前走去。

　　他走了很久，看见天上有一只鹭鸶，飞得已经非常疲惫了，但后面有一只鹰在追它，差一点就要被它捉住了。少年的心里很替那只鹭鸶担忧，便把他的手棒向鹰掷了过去。鹰被吓到了，便飞了开去，而鹭鸶也保住了性命。当它喘息定了后，便也拔了一根羽毛送给少年，说道："因为你好心地救了我，我把这根羽毛送给你。如果你以后遇到了什么困难，可以到这个地方来，把羽毛取出来后，叫我的名字，我便会立刻出来帮助你。"少年同样收下了羽毛，把它放在他的衣袋里，然后再次向前走去。在路上他看见一群猎狗在追逐一只狐，猎狗们正一步步得追近，几乎快要捉住它了。少年心里很替这只狐担忧，便把它藏在了大衣里。当猎狗走远时，他便把狐放了出来。狐也拔下了一根毛发送给少年，说道："因为你好心地救了我，我送你这根毛发，当你以后遇到什么困难时，可以把这根毛发取出来，叫我的名字，我可以立刻来帮助你。"少年也把毛发放在了衣袋里，继续向前走了。

　　不知走了多久，但最后他到了一座城堡。这座城堡里住着一位美丽的女郎。她曾发誓如果有人能把自己藏匿起来而不被她找到，她便嫁给他。渔夫的儿子想要娶她为妻，便走进了城堡，求见了这位女郎。她问他道："你到这里来干什么？"少年答道："我要娶你为妻。"女郎道："好的，如果你能把自己藏在某个地方，而不被我找到，我便嫁给你。但如果你失败了，你就一定会被杀死。"少年爽快地答应了这个条件，但要求进行四次。女郎同样也答应了他。他走出城堡后，便来到了河边，从衣袋里取出了鱼骨，叫了那红色鱼一声。它便立刻出来了，问道："我的朋友，你有什么困难需要我的帮助吗？"少年把整件事都告诉了它——"我必须藏在一个地方，一个连魔鬼也找不到的地方。"于是鱼把少年背在背上，游到了海底，把他安置在了一个洞里。自己则在洞前游来游去，好遮蔽他。女郎在她的魔镜中寻找少年，找了许久，都没有看见少年，最后她在海底找到了他。当她发现他在那里时，觉得很诧异。她自语道："他一定也是一个有魔法的人！"

第二天，少年很骄傲地来到了城堡里。女郎道："呵，你这样！完全没用！你待在海底，红色鱼在你前边游来游去，想隐匿你的身体，但我还是看得清清楚楚。"少年想道："上帝，帮帮我吧，她必定是一个有魔法的人！"他再一次离开了城堡，去找另一个躲藏的地方。他跑到草原上，取出了鹿毛，叫了鹿一声。鹿立刻跑来了，问道："亲爱的朋友，你遇到什么困难了吗？"少年告诉它一切——"我一定要找一个连魔鬼也找不到的地方把自己藏起来。"于是鹿把他放在了背上，风一样地跑了起来。它停在了九山之后，把少年藏在了一个洞中，而它自己则用身体遮蔽洞口。而女郎则又在她的魔镜中寻找少年，她找了又找。最后还是找到了他。

第二天，少年又很骄傲地回到了她那里，她说道："呵，还是没有用，我清清楚楚地看见你了。你躲在了九山之后的一个洞里，鹿挡在了洞口。"少年心里感到十分害怕，开始有些焦虑起来。他又离开了城堡，去找第三个藏身的地方。当他到了一块空地，便把鹭鸶的羽毛取了出来，并叫了一声。鹭鸶立刻飞了下来，问道："我的朋友，有什么困难吗？"少年把所有的事都告诉了它，并说道："我必须要寻到一个连魔鬼都找不到的地方躲藏起来。"于是鹭鸶也把他放在了背上，飞到了天上，飞得高高的，然后把他藏在了一个地方，它自己则在他的下边飞翔着来遮蔽他。女郎取出了她的魔镜来，各处找，都找不到。但当她向空中看去时，她看见了少年藏身的地方。她心里也十分惊讶，说道："他的魔法必定十分的了不得！"但当少年第二天再次来到她那里时，她还是说道："呵，还是没有用，我清清楚楚地看见了你。你躲在天上，鹭鸶在你下面飞翔着。"少年十分得惊讶，现在他的心里已经开始害怕了。"唉，天呀！如果第四次她再找到我，我便没命了。"他最后一次离了城堡，去找最后的一个藏身之所。他又到了一个空地上，取出了狐毛，叫了声狐名。狐立刻跳了出来，问道："亲爱的朋友，有什么困难吗？"少年把一切都告诉了它，——"我必须躲藏在一个这个锐眼女郎看不见的地方，不然，我便没命了!"狐道:"不要担心。到她那里去,跟她说延期两个星期。到时我会带你到一个地方,一个她就是找到死也不会找到你的地方。"

　　少年于是依照狐说的话做了。狐在女郎的城堡所在的山上,挖了一个洞,并挖出了一条地道,一直延伸到女郎所坐的榻下。它把少年藏在那里。女郎拿起魔镜去找。她找到东,她找到西,她找到南,她找到北,她在天上找,她向海底找,但都没有找到。她无论如何都找不到他。她最后只得叫道:"你在什么地方,你,男巫,快出来,我找不到你了!"于是少年在她的榻下应了一声,便立刻跳了出来。最终他与女郎的打赌获胜了。第二天,他们便结婚了。婚礼极为盛大,甚至在筵席上,每个人都喝到了鸟乳。

拨灰棒

　　曾经，有一对少年夫妇，丈夫是一个非常懒惰的人，他不做任何事，也不肯去打工。他整天坐在火炉旁边，手里拿着一根小棒，在炉灰里拨来拨去，于是大家送给了他一个绰号，叫作"拨灰棒"。有一天，他的妻子对他说道：

　　"丈夫呀！起来走动走动吧！出去做些工作，带些东西回来！如果你不这样做的话，那么我就不能和你再住在一起了。"

　　即使是这些话也不能使他振作起来。他仍旧是整天地坐在火炉旁边，不肯到屋外去打工。

　　但在复活节那天，他决定去一趟礼拜堂。但当他回到家门口时，发现门已经下锁了，他的妻了不许他进屋。于是他请求她的妻子给他一袋灰、一把锥子和一块新鲜的牛乳饼。

　　等拿到这些东西后，他便懒懒地走开了。不知走了多久，他到了一条大河边，在河的对岸他看见一个狄孚巨人正坐在那里，一大口、一大口地在喝着河水。

　　"拨灰棒"觉得十分地害怕，但要怎么办呢？他只有两条路可以走：要么回家去见他的妻子；要么留在这里给狄孚当早餐吃了。

　　他一边想啊想，一边在河岸边走来走去。最后，他想出了一个办法。他在灰袋上钻了一个洞，然后把灰袋飞快地绕着他的头舞动了起来，形成了一阵可怕的灰云。

　　狄孚感到奇怪，并且有点儿害怕。他拾起一块石头，叫"拨灰棒"把这块石头里的水榨出来。

于是，"拨灰棒"拿起了他带在身上的新鲜牛乳饼，手用力地挤压着它，于是水从饼中流了出来。然后向对岸的狄孚叫道：

"赶快听从我的命令！到这里来，我要爬到你的肩上，然后你要把我驮过河去。我可不想打湿我的脚！"

见此狄孚只能服从他的命令，把他放在了肩上，却惊奇地说道：

"呵，你怎么这么轻啊！"

拨灰棒说道：

"那是因为我的一只手握在了天上。如果我把手松开了，你就无法驮动我了。"

狄孚道："你把手放了，让我试试！"

于是，"拨灰棒"取出他的锥子，向狄孚的头钻去。狄孚痛得低吼了起来，要求他一定要握住天，不要放手。

当他们过了河到了对岸时，狄孚道："下来吧，吃饭的时候到了！"

"拨灰棒"还是十分地害怕，但他能做什么呢？他只能下来。当他看见狄孚的家时，感到非常地高兴。

在火炉上正烤着一块极大的面包。狄孚说，他必须先出去找些东西下饭，叫"拨灰棒"看着面包，留心点，不要让它被烘焦了。

当"拨灰棒"看见面包的一边已经变成了棕黄色时，便想把它翻一个身。但可惜，他用力过大，竟被面包压在了下面。他用尽了吃奶的力气去推，但那面包实在是太重了，牢牢地压住了他，使他不能把自己从它下面拔出来。

后来，别的狄孚们也都回家了。当他们看见躺在面包下面的"拨灰棒"，都觉得很诧异，问他在那里做什么。

"拨灰棒"答道："我觉得身体里很痛，所以把热面包放在了身上想让它痛得轻些。现在我已经不太痛了，你们可以把面包拿开了！"

后来狄孚们想要喝酒。他们中的一个，把一个大酒瓶交给了"拨灰棒"，说道：

"你帮一下忙！在天井那边，有一个大酒缸，你去那里取些酒来。"

"拨灰棒"看了看大酒瓶，感到很害怕，但他还是拿了酒瓶向外面走去。

狄孚们等了很久，还是不见他回来，便出去找他看他在那里做什么。原来"拨灰棒"正站在那里，拿着一把铲子，想把酒缸从地中掘出来。

他们问道："你掘地干什么？"

他答道："呵，把酒缸一起拿出来不就好了！为什么要我一次一次地拿着小酒瓶来回地取酒呢？"

现在狄孚们更加吃惊了。他们说道："我们九个人都还移不动一个这样的空酒缸，他现在一个人却想把这个盛满了酒的酒缸拿起来，这可真是稀奇啊。"于是他们纷纷把自己的酒瓶装满了酒，坐在边上开始喝起酒来。但当他们中的一个人打喷嚏时，竟把"拨灰棒"冲到了天花板上。

他的手牢牢地握住了屋梁，其余的狄孚都拍着头很诧异地看着他。他们问道："你在上面做什么？"

他答道："你们竟然敢在我的面前打喷嚏？我要把这根棒儿从屋顶上取出来，打你们一顿作为惩戒！"

狄孚们更加害怕了。他们自语道："我们九个人都还不能拿得动一根梁，他却称它为一根'棒儿'！"他们是如此的害怕，竟冲出了屋子向四面八方逃开了。从此，"拨灰棒"便安安心心地住在了他们所弃去的屋子里了。

有一个狄孚在逃走的路上，遇到了一只狐。狐问他道："你这是要去哪儿啊，狄孚？你遇到什么事了！"

狄孚道："什么！你问我跑到哪里去？有一个人来到了我们的屋里，他几乎要把我们都吃了！"

但当狐听完一切后，它不禁噗哧笑了起来。它道："什么呀！那是"拨灰棒"，是一个穷人，一个常常饿肚子的坏蛋！他的妻子因为他的懒惰，已经把他赶出家门了。我很了解他们。因为我吃过他们家许多的鸡。你们竟会怕起这个可怜的东西来！"

狄孚道："不，我不相信你的话！"

　　狐道："那么，一起来吧！我可以立刻指明给你看。这里有一根绳子，你可以用它将我缚住了！"然后狐把绳子的一端缚在了自己的颈上，另一端缚在了狄孚的身上。于是他们一同回到了狄孚们原来住的而现在被"拨灰棒"所占据的家里。

　　当"拨灰棒"看见他们回来时，起初非常地害怕，但后来胆气又壮起来了，开始说起大话来。他向狐大怒道：

　　"哈，你这个笨蛋！我叫你去捉十二个狄孚给我，你却只捉来一个！等一下，我来……"

　　听到这，狄孚被吓得魂都散了，立刻弄断了狐缚在他身上的绳子，然后拼命地逃走了，一直逃到九座山以外，才敢停下脚步。

　　"拨灰棒"把狄孚们所有的东西都装了起来，载在了骆驼上，打算运回去好让他的妻子高兴高兴。妻子见他带了这么多东西回来，果然很高兴。

　　自此以后，他们一直很幸福地生活着。

先生与他的学生

很久以前，有一个十分穷苦的农夫，他有一个儿子。

有一天，他的妻子对他说道："你必须让我们的孩子去学些本领，不然，他会一无是处的！如果他也和你一样的无知，那么我们将来该怎么办呢？"这话使农夫很不高兴，但他的妻子一直吵闹不休。

所以没办法，有一天，他便带着他的儿子出发去寻找一位先生。在路途中，当他们俩都觉得有点口渴时，他们看见了一泓泉水，便蹲下去用手掌掬了一些来喝。当喝完了，便站起来赞道："呵！这泉水真好喝！"这时一个魔神突然地从泉水中走了出来，并变成了一个人的样子，向农夫问道："有什么事，人？你想要什么？"农夫告诉它他想要的东西。魔神道："把你的儿子留下，叫他跟我学习一年，我会教导他。等一年后，你再来；到那时如果你还能认出他，你便可以把他带回去，但如果你认不出他了，那么他便只能永远地住在我这里。"魔神那里还有许多这样的孩子，都是它用这个方法得到的。一年之后，这些孩子都会变得非常厉害，以至于他们的父母都认不出他们了。但农夫却不知道这件事，所以他同意了，留下了他的孩子，然后独自回家了。

一年过去了，他来看望他的孩子。恰好那时魔神不在家，天井里站着许多孩子。农夫向着他们看了又看，但他没能认出他的儿子。但那个孩子是认识自己的父亲的，于是立刻跑到了他的身边。他说道："我们的先生就要回来了，他会把我们都变成鸽子，然后让我们飞起来。当我们飞起来时，我将是第一只，当我们飞回来时，我将是最后一只。所以如果先生问你哪一个是你的孩子，你可以立刻指出来给他看。"农夫很开心，恨不得先生能立刻回来！没过多久，先生便回来了，果然把他的学生们聚在了一起，然后把他们都变成了鸽子，并让他们都飞起来。当他们飞回来时，农夫的孩子果真是最后一只。

这时，先生问道："现在，告诉我，哪一只鸽子是你的孩子？"农夫指了指最后的那一只鸽子。魔神十分地生气，他立刻知道发生了什么事，但他能怎么办呢？他只能把这个孩子还给农夫。于是父子二人开开心心地回家去了。在路上，他们看见一群贵族在打猎。一只兔子在前面拼命地逃着，一只猎狗在后面紧紧地追着，但它最终没能捉住那只兔子。于是孩子对他父亲说道："请钻进这个树丛中，逐出一只兔子来。我将变成一只猎狗，在那些贵族赶到之前把兔子捉住。那么，他们一定会跟你商量，买下你的猎狗。你开始的时候不要答应，然后把我以大价钱卖给他们。以后，我会自己变回来，再追上你的。"

他说完，父子俩便立刻行动起来。父亲到树丛中逐出了一只兔子来，儿子立刻变成了一只灰色的猎狗，追在了兔子的后面，当真在贵族们面前把兔子捉住并杀死了。他们当然想要这只猎狗。于是他们来到农夫那里，向他买这只猎狗。农夫起先的时候假装不卖；但当他们一次一次地加价后，他便答应了，把钱放进衣袋里后，便把猎狗给了他们。而贵族们则把这只猎狗用皮带缚着，牵着头离开了。没过多久，他们又逐出了一只兔子来，然后叫他去追这只兔子。猎狗追在兔子的后边，追了一会儿后，等到了贵族们看不见的地方，便又变回了一个孩子，追上了他的父亲。但当他们又走了一段路后，他们觉得钱还是不够。于是孩子向他父亲说道："我们必须再弄些钱来。"不久，他们又遇到了第二队贵族，他们正在打雉鸡。他们放了鹰去，但它却没有捉到一只雉鸡。而此时孩子立刻变成了一只鹰，飞到了空中捉住了一只雉鸡。贵族们感到很高兴，他们非常喜欢这只鹰，开始向农夫问这只鹰的价钱。他卖了一个高价！然后他又把钱放在袋里，向前走去了。猎人们想立刻试试这只新鹰，所以当他们再次看见一只雉鸡时，便立刻放了这只鹰去捉。这只鹰追了雉鸡很久后，便又变回了一个孩子，追上了他的父亲。现在他们的钱已经很多了；但孩子还是觉得太少，于是他又想出了一个新办法。他向他的父亲说道："我将变成一匹马，你骑在我身上，等到了镇上，再把我卖了。但你一定要记住一件事，就是你一定不要把我卖给一个眼睛熠闪的人，并且在卖出时，要立刻把马鞍取下来，不然的话，我便不能再恢复人身了。"他说完，便立刻变成了一匹壮美的马。他父亲跳到了他身上，然后骑着他到了镇上。许多人都争着要买这匹马。其中最热心地想要买这匹马的是一个眼睛熠闪的人。旁人每加一个卢布，他便立刻又加了几十个卢布。最终，这个富翁说服了农夫，把马买走了。同时，他还买去了那副马鞍，骑上马走了。他真开心呀，现在他的学生又回到他手上了！

他把马骑回家后，便把这个学生锁在了一个暗室里。这个学生忧伤难过，常常设法逃跑，但又找不到出路。就这样时间飞快地过去了很久。有一天，他注意到有一线阳光透进他的房里。

他四处去找，察看这线光明从何而来，不久他便看见门上有一个裂洞。于是他立刻变成了一只老鼠从洞中爬了出去。当他的先生发现时，也立刻变成了一只猫，去追这只老鼠。老鼠在前面逃，猫在后面追！当猫正张大嘴要吃到他的猎物时，那只老鼠却又变成了一尾鱼，钻进水里逃走了。不到一秒钟，先生变成了渔夫拿着一张网，去捕这尾鱼去了。正要把鱼捕住时，那鱼又变成了一只雉鸡飞上了天。先生立刻又变成了一只鹰去追他。鹰爪正要捉到雉鸡时，忽然一个双颊红润的苹果，落在了一个国王的膝上。马上，先生又变成了国王手里的一把刀。想要把苹果切成两半……突然地苹果不见了，而地上则多了一堆谷，一只母鸡正带着几只小鸡在啄谷吃，而那只鸡就是先生。他们啄啊，啄啊，到最后只剩下一粒谷了。这粒谷又变成了一根针，而母鸡与小鸡则变成了穿在针眼里的一根线。而针开始变得很红很热……于是线烧了起来。最终针变回了一个孩子，回家去了，回到他父亲母亲那里，从此生活得很快乐。

乞　丐

很久以前，有一个又懒又笨的人。可以说没有一件东西是他自己的，他从来不去做工，只是常常从这个人那里求得些面包，又从那个人那里求得些汤水，再从别的人那里求得些其它的东西。

如此一天天地过去，他即不知道名誉的重要性，也不知道羞耻。虽有好心的邻居们帮助他，但他无法满足的需求却使他们都很讨厌他。无论什么时候，只要一看到他，大家便叫道"乞丐来了！他又要来向我们乞讨东西了。"

但他始终假装着没有听见，还是走向前去乞求东西。到了后来，所有人都开始讨厌他了，再也没有一个人肯再帮助他了。

这对于乞丐来说真是一个巨大的打击。但是要去工作么？不，他还是不愿意去工作的。他埋怨地说道：

"人果然没有良心，他们竟然不会可怜一个穷苦的人。看来，我最好还是去请求上帝，他一定会比他们更宽宏大量的！"

于是他躲在了某一个地方，举手向天，恳求道：

"唉，上帝！你即然创造了我，就要给我这个可怜的人某样东西，好使我能在世上生活啊！"

但是上帝没有给他任何东西，他又向四处看了又看，找了又找，还是没有。

他连续地祈求了第二次，第三次。"哈，哈，哈！"他突然听见旁边的大笑声。"只要把你的嘴张大了，便会有东西落下来给你吃了！"原来是邻居的小孩子们正站在那里讥笑他。

乞丐很生气，便决心要爬到高山顶上，在那里可以更接近上帝，而且不会有人再讥笑他了。

在去的路上，他遇见了一只狼。"人，人，你要到哪里去？"狼问道。

乞丐回答道："到上帝那里去。"

狼道："如果你到了那里，请代我问一件事——我已经吃遍各种动物的肉了，但我的身体总是胖不起来。请你代我问一下，我应该吃什么。我会在这里等你回来。"

"好的！"乞丐答应了它的请求，又继续向前走去。

没多久，他走到了一株老橡树那里。橡树问道："人，你要到哪里去？"

"到上帝那里去。"

"如果你到了那里，请你代我向上帝问一件事，我一边的枝叶，不知为什么都枯了。"

乞丐道："我很愿意替你问一下。"他继续向前走去，然后到了一条河边。

"人，人，你要到哪里去？"一条鱼从水里向他问道。

"到上帝那里去。"

"那请你代我问问，我的左眼为什么瞎了。"

"那很容易，我会代你问的。"乞丐说完，便又再次上路了。

当他走到山脊时，他看见了一只鹿，它问他到这里来做什么事。

"我要和上帝说话。这就是我来这里的原因。"

鹿是一种善良的动物，它对他说道："你现在已经站在山顶了，但如果你愿意再爬高些的话，你可以用我的角作为梯子向上再爬一爬。"

乞丐立刻爬上了鹿身，沿着它的角爬了上去。突然地，他听见头上有一个声音：

"凡人，你要到哪里去？"

乞丐颤微微地答道："到你那里去，慈悲的上帝！"

"你想要什么？"

"上帝，我没有东西可以吃，无法生活。请你可怜可怜我吧！"

上帝答道：

"回家去吧，你会得到你想要的东西的。"

然后乞丐又把狼的、橡树的以及鱼的问题都问了一遍，也都得到了满意的答复。于是他谢了上帝，谢了鹿，便回家去了。

在回去的路上，他十分地开心，几乎是边走边跳地向前行进。没多久，他便又到了河边。

鱼问道：

"你好呀？得到答案了没有？"

乞丐答道："你的左腮里有一粒金刚石嵌在了那里，把它拿走了后你的左眼便可以重见光明了。"

鱼再次求道："那请你仁慈地代我把金刚石取出来吧？"

于是乞丐代它把金刚石从腮里取了出来，鱼的左眼便立刻复明了。

为了表示它的谢意，鱼把那粒金刚石送给了他，但乞丐却把它抛进了水里了。"我要这粒金刚石干什么。等我到了家里就什么东西都有了。"他很骄傲地说了一遍，就离开河边走了。

"他一定是一个很笨的人！"鱼如此地想着，然后便又很快乐地游开了。

乞丐不久又来到了橡树旁边。于是橡树问道："你代我问过了么？"

"问过了。有一个大酒罐被埋在你枝叶枯干的那边的土里了。把它取出来后，你的枯枝便可以再次生出绿叶了。"

橡树也请求了他的帮助。乞丐也很高兴地帮它把酒罐取了出来。罐里满满地都是金子与银子。橡树很感激他，便把这一罐金银都送给他了。

"我要这一罐金银干什么？等我到了家里就什么东西都有了。"他说完。他便用脚把罐子踢翻了，所有的金银都落入了一个洞里。

"他一定是一个很笨的人！"橡树想道，"即使他自己不要，也可以把金银分给别人呀！"它摆动着树枝，表示对乞丐行为的惊诧。

没多久，乞丐便又遇到了那只狼。狼问道："你代我问过了没？"

"问过了，只要吃了人肉，你就可以胖起来了。"

"哈哈！不错，不错！"狼说道，"你正好就是一个人！"说完他便张开了大嘴，把乞丐给吃了。

第二天，牧童在山上找到了乞丐的破衣，并把它带回了村里，村里的人都认出这是乞丐平常所穿的衣服。虽然平时大家都不喜欢他，但这时也不禁为他悲伤。但一个老人对一个孩子说道：

"你看！在这世界上人是要工作的，懒惰的人是无法生存的。你看，乞丐便是一个最好的例子！"